中国人生科学丛书

U1014423

劳动美之歌

孙魁 著

中国社会出版社
国家一级出版社·全国百佳图书出版单位

图书在版编目（CIP）数据

劳动美之歌 / 孙魁著. —北京：中国社会出版社，2017.12

ISBN 978 -7 -5087 -5874 -9

Ⅰ.①劳…　Ⅱ.①孙…　Ⅲ.①诗集 - 中国 - 当代
Ⅳ.①I227

中国版本图书馆 CIP 数据核字（2017）第 325413 号

书　　名： 劳动美之歌
著　　者： 孙　魁

出 版 人： 浦善新
终 审 人： 尤永弘
责任编辑： 魏光洁　　　　**责任校对：** 田丽艳

出版发行： 中国社会出版社　　　邮政编码：100032
通联方式： 北京市西城区二龙路甲 33 号
电　　话： 编辑部：（010）58124851
邮购部：（010）58124848
销售部：（010）58124845
传　真：（010）58124856
网　　址： www.shcbs.com.cn
shcbs.mca.gov.cn
经　　销： 各地新华书店

中国社会出版社天猫旗舰店

印刷装订： 北京九州迅驰传媒文化有限公司
开　　本： 170mm×240mm　1/16
印　　张： 14.75
字　　数： 200 千字
版　　次： 2017 年 12 月第 1 版
印　　次： 2017 年 12 月第 1 次印刷
定　　价： 40.00 元

中国社会出版社微信公众号

前 言

用“喻世散体”（即以劝世明理为主旨，区别于“骈体”的不求词句整齐对偶之文体）的形式，来歌颂“劳动美”，是笔者写作生活的一种尝试，也是军旅生涯退休迄今第四年，继《武警建设讲座精选》和诗歌集《锦绣山河颂》、散文集《母爱伴我行》之后，正式出版的第四本著作。

古往今来，写劳动的诗歌浩如烟海，写劳动人民的美文也不计其数！但以跨领域、宽视野、广角度、深喻世的理性思路和散体手法，来歌颂劳动和劳动人民之美的专著，还真是不太多见。于是，笔者产生了尝试一下的强烈冲动，并立思立行地诉诸笔端，才有了这本《劳动美之歌》。其宗旨是：

1. 努力把歌颂劳动与赞美劳动人民融为一体。劳动人民是劳动的主体，劳动是劳动人民的客体。歌颂劳动美，两者自然不可偏废。因而，笔者在本书的许多篇章中，都是把两者等同起来论述、褒奖和赞美的。这大概就是笔者对“劳动美”这个概念和命题的理解及应用。

2. 努力表现劳动美好内涵与外延。标题统一使用“劳动美 ⋆ 美在 ××”的格式，始终立足于两者的结合点上，析事明理、抒发情感、寄望民愿，使劳动在 116 个美丽侧面熠熠生辉、闪闪发光。当然，可能还有更多的美丽点没有挖掘出来，就算这里只是抛砖引玉罢了。

3. 努力把解读新政与弘扬优秀文化融为一体。在我国浩瀚的优秀传统文化中，无处不闪烁着劳动美的光芒，值得大书特书；而在以习近平同志为核心的党中央治国理政一系列新思想、新战略、新理念、新观点和新思维中，更是处处体现以劳动人民为中心、“撸起袖子加油干”的劳动美的时代特色。本书力图将两者有机结合起来，从劳动美的角度透视古为今用的有关思考和实践成果，较为系统地诠释中华传统美德与向往、社会主义核心价值观、公民道德建设基本准则、“五大发展”新理念、一带一路“五位一体”构筑人类命运共同体的新思路，以及“北京精神”和许多道德伦理与法律法治问题等方面的精髓，以唤起人们对劳动美之无穷魅力的青睐，从而自觉地投入劳动中去，为劳动和劳动人民增添更加绚丽夺目的光彩！

4. 努力把弘扬正气与鞭挞歪风邪气融为一体。弘扬正气也好，鞭挞歪风邪气也罢，都是在劳动中进行的。劳动美也美在这个重要结合点上。正气是劳动美的应有之义，歪风邪气则是劳动美的反衬之物。从两个方面歌颂劳动美，更能使劳动成为人们须臾不可离开的美好伴侣！古今中外的许多典型贪官污吏，都是背离劳动美的殉葬品和跳梁小丑！

为了劳动更美，为了世界更美，笔者在书中倾注了力所能及的心血和智能，企图让更多的人更加热爱劳动、热爱劳动人民和整个地球村，以使“劳动美”不断焕发新的青春！

作　者

2017 年 11 月 23 日于北京

目录

劳动为何最光荣

——写在2017年五一节前夕

“劳动最光荣”！
是一句口号
也是一个本能需要
还是一种无穷力量！
更是所有美丽
和人间奇迹的驱动！

劳动为何最光荣？
因为劳动成就了人生
人的诞生
本源自劳动
人的生存
得益于劳动
人的生活
离不开劳动
人的辉煌
归功于劳动

劳动为何最光荣？
因为劳动创造了财富
自然财富
有赖于劳动
物质财富
寄托于劳动
精神财富

凝聚于劳动
所有财富
无不诞生于劳动

劳动为何最光荣?
因为劳动改变了世界
客观世界
日新月异靠劳动
主观世界
欣欣向荣靠劳动
人文世界
丰富多彩靠劳动
科学世界
揽月捉鳖靠劳动

“劳动最光荣”!
快乐、幸福、成功!
还有华夏复兴中国梦
寄望永远光荣——
劳动,劳动,再劳动!

(2017 年 4 月 30 日 // 北京世纪城)

五一劳动节——
全世界劳动人民
团结战斗的节日
工人反对残酷剥削
取得伟大胜利的节日
开工人八小时工作制
历史先河的节日
恩格斯和第二国际
为劳动人民撑腰的节日！

五一劳动节——
写满劳动和劳动人民
崇高尊严的节日
鞭挞不劳而获寄生虫
欺压人民的节日
讴歌人民用勤劳纯洁
装点世界的节日！

五一劳动节——
承载着光荣与快乐
记录着追逐与梦想
分享着创造与幸福！
与劳动为伴真美丽！

（2017 年 5 月 1 日 // 北京）

因为劳动创造世界
所以劳动最美丽
劳动之美婀娜多姿
万紫千红、厚重无比！

数说无数劳动美丽
最数心灵高地——
汗流浃背的劳作
那是内心深处的甜蜜
不知苦累的劳力
那是精神境界的慰藉
无怨无悔的劳碌
那是思想光芒的耀立

啊，劳动美！
美缘何起——
从心灵出发
用生命托举

（2017 年 5 月 2 日 // 北京）

劳动是财富的源泉
财富是劳动的表征
价值凝聚劳动
是劳动的结晶
更是劳动者的光荣!

劳动价值无比高尚
劳动者价值世人皆懂
劳动有功者
任千秋传颂
不劳而获者
可恶寄生虫
践踏劳动者
必引火自焚
作威作福者
到头一场空!

劳动的价值
不管你认不认同
劳动者的价值
不管你看不看重——
有历史做证!
有财富做证!
有正义在胸!
有世界在胸!

美丽的劳动与劳动者
价值无边无穷
价值倾国倾城
价值冠盖苍穹！

（2017 年 5 月 3 日 // 兰州）

2010 年 2 月 12 日，作者在兰州金夫人艺术摄影馆留影。

如同革命人
永远是年轻一样
真正的劳动者
亦永远青春飞扬

因为劳动总在创造
只有起点，没有终场
因为劳动伴着快乐
一心攀登，永不惆怅
因为劳动喜在丰收
勤乐耕耘，满怀希望
因为劳动追求光明
充满激情，不惧沧桑
毛泽东临近仙逝
仍沉醉于书声琅琅
105 岁老红军王定国
70 多岁始爱书画墨香
巴马那些百岁老人
还在田间地头奔忙
他们堪称年轻的楷模
他们是不衰不老的榜样

有的人活着
其实早已死亡
而真正的劳动者

永远年轻
总在人们身旁
甩开青春的臂膀
与世界同步更新万象

（2017 年 5 月 4 日 // 兰州）

2016 年 12 月 12 日，作者应邀在“粉红盛典健康慈善夜晚会”上接受央视人物访谈主持人潘晓蕾关于“母爱与家风”的专题访谈。

劳动美否观其行
表里如一人生敬
“撸起袖子加油干”
筑梦路上献豪情

劳动美在为民众
形象就是一面镜
真假优劣了然知
天地则是一杆秤

劳动人民爱劳动
实干形象源心胸
不分精英螺丝钉
挥洒热血绘美景

（2017 年 5 月 5 日 // 兰州）

劳动是一种本能
也是一种义务
还是一种荣誉
更是一种尊严
即崇高人格和权利

劳动面前人人平等
劳动尊严值得珍视
有劳者有位
劳苦者仁义
劳动者功高
任劳任怨者无敌
剥削人者可悲
假劳巧取可恶
不劳而获可耻

昨天
甘省人代盛会
皋兰山下群贤毕集
选举省长人大主任
体现全省劳动者的庄严民意
欢呼雀跃之余
更加尊崇法律
唯盼神圣的尊严
永远不被践踏遮蔽

劳动需要人的尊重
更需自己尊重自己
自尊自强的劳动
是打造文明的根基
是成就事业的渊源
是力求完美的动力
是献给世界的厚礼

（2017 年 5 月 6 日 // 兰州）

众所周知
英雄本色
顶天立地贯今古
然而
劳动本色
则以勤劳为本
劳动人民本色
埋头苦干绘蓝图

保持本色
说起来容易
做起来真苦
因为社会是大染缸
形形色色林林总总
各种诱惑
无处不在
无所不出

坚守本色虽苦
但不坚守更苦
因为只有以勤为本
才能精神物质皆富有
勤劳可创世界
勤劳可净万物
勤劳可美心境

勤劳可谓法宝
勤字必须永驻

（2017 年 5 月 7 日 // 兰州）

2017 年 1 月 15 日，作者应邀到国家行政学院参加孟子智库 2017 年峰会时，发表题为“母爱无疆，励我前行”的感人演讲。

劳动最光荣
美在过程中
滴水意志坚
穿石责任重
收获诚可喜
得益全程功

（2017 年 5 月 8 日 // 兰州）

2017 年 1 月 15 日，作者应邀到国家行政学院参加孟子智库 2017 年峰会时，与著名演讲大师李燕杰邂逅合影。

劳动美
美享受
挥汗如雨
浑身爽透
挑灯夜战
老有劲头
竞技赛速
力争上游
攻坚克难
从不发愁
硕果累累
乐不胜收

享受劳动美
人皆有固守
若无功利缠
心态亮永久

（2017 年 5 月 9 日 // 兰州）

劳动美
贵在动脑
体力劳动用心做
简单美好
脑力劳动智慧做
人类骄傲

儒道文化贯古今
普天照耀
四大发明载史册
国人自豪
四库全书蕴真经
无所不包
中国马列理论引
独辟新道
九天揽月任遨游
有党领导
五洋捉鳖探潜底
还看今朝
风云变幻航行难
全靠舵手
“一带一路”再雄起
中国领潮
精准扶贫奔小康
万难推倒

一旦外敌敢入侵
利剑出鞘

简单劳动有技巧
复杂劳动在奥妙
世界发展无极限
拥抱未来靠动脑

（2017年5月10日//
兰州—北京的飞机上）

2017年1月19日，散文集《母爱伴我行》首发式，在北京武青会议中心隆重举行，社会各界近200人出席，作者概括介绍该书的创作过程和感受之后，撷取不同历史时期的几个片段，深情讲述母爱如何伴我行，感动到场许多听众。

热爱劳动
不能超脱
坚持不懈
是为执着

为了生存与发展
也为祖国更红火
献身钟情的事业
痴迷热恋的劳作
终生做好一件事
世代传承一学说
风雨里勇向前
坎坷中何惧挫
跌倒了爬起来
受屈了不是祸
祸乃福之源
苦尽甜方多

执着，忘我
忘我，执着
为了不断收获硕果
坚持永远忘我劳作

（2017 年 5 月 11 日 // 北京）

世事须认真
劳动亦如此
认真不仅是态度
而且是优良品质

常重复的劳动
若掉以轻心
也难尽如人意
不常做的劳动
若盲目蛮干
必难遂愿成事
再简单的劳动
不严肃对待
实难做精做细
而复杂的劳动
稍粗枝大叶
更难探究问底!

防灾抗震
不离不弃才有奇迹
运筹帷幄
智高千丈才有胜利
大国工匠
一丝不苟才有绝技
科技腾飞

不断攀登才有高地
复兴梦圆
孜孜不倦才有希冀！

认真靠养成
勤劳要毅力
凡事不马虎
终归会崛起

（2017年5月12日 // 北京）

人们常相激励：
坚持就是胜利！
劳动乃人生铁律
更是离不开坚持

坚持劳动非易事
须得永久加坚毅
劳动品质许多种
坚持不懈数第一

有人呐喊摇旗：
劳动光荣要坚持！
自称农民的儿子
却离劳动而远去
还喊“人在做天在看”
昧着良心卖狗皮！
到头来——
上苍确实有天理：
脱离劳动始变质
背叛劳动终自毙！

劳动创造一切
假如没了坚持
世界便将停滞
人生何来意义？

（2017 年 5 月 13 日 // 北京）

今天是母亲节
劳动之歌献给母亲!
母爱是种圣爱
亦如信仰
乃精神劳动——
崇高无比
天地可鉴!

母爱与劳动结伴
孩儿永恋着母亲!
含辛茹苦多艰难
奉献大爱寄深情
命运虽然坎坷
育子功德可钦
人生虽然短暂
光芒道路可行
地位虽然卑微
家国情怀可敬!
我辈能有今天
多亏母爱指引!

母亲是劳动的化身
母爱是劳动的结晶
有母爱相随
健康向前进

劳作再苦也甜

快乐三生有幸!

（2017 年 5 月 14 日 // 北京）

2017 年 1 月 19 日，在北京武青会议中心隆重举行的散文集《母爱伴我行》首发式上，作者给出席会议的近 200 人逐一签名赠书。

昨天（母亲节）
一带一路论坛
在京隆重开幕
130 多国（组）参会
29 国元首（脑）莅临
这实质上是——
劳动的昌盛会
人民的幸福会
中国的担当会
世界的建设会

古老中国
为什么多难不衰
因为勤劳筑根基
文明中国
为什么曲折向前
因为勤劳闪金辉
科技中国
为什么领跑全球
因为勤劳多智慧
强军中国
为什么雄鸡屹立
因为勤劳显神威
小康中国
为什么复兴在即

因为勤劳硕果累累
带路中国
为什么“五位”一体
因为勤劳创共惠
世界中国
为什么凝心聚气
因为勤劳举和贵

劳动中国
世界之最
再开古路
梦与心随

（2017 年 5 月 15 日 // 北京）

劳动万万千
搞好须钻研
功到自然成
行行出状元

理论上钻研
大脑不得闲
思维有灵感
方有新发现

实践上钻研
知行巧相连
真金百炼出
始露新凸显

政治上钻研
智慧终觉浅
谨言又慎行
偶见一线天

业务上钻研
力求招招鲜
勤奋加拼搏
才能有新见

钻研似不凡
用心就不难
劳动人生路
刻苦勇向前
世上无难事
只要肯登攀

（2017年5月16日//北京）

2017年2月25日，作者应邀在北京朝阳区教委联合有关单位于劲松职业高中礼堂举办的“传统文化提升老师、家长、学生道德修养项目研究暨名家名师进校园亲子教育论坛”上，发表题为“母爱伴我行 学习最先行”的感人演讲。

习总书记曰
历史是勇敢者创造
那么，勇敢者
舍劳动大众
其谁也

毋庸置疑
取得作战胜利
离不开勇敢者
而其他所有劳动
也无一例外
需要无数勇敢者的
披荆斩棘
开拓高歌

不论劳动者自身进化
还是劳动创造了世界
不论劳动工具发展
还是劳动方式选择
不论劳动能力增强
还是劳动机制变革
不论劳动观念创新
还是劳动效率提升
都要归功于
不怕危险

不畏困难
胆识兼备的勇敢者

劳动是劳动者的享受
更是勇敢者的快乐
机智的勇敢者
给劳动增添亮色
勇敢使劳动变得——
创造不断
至高无上

（2017 年 5 月 17 日 // 北京）

古代丝绸之路
凝聚着华夏民族
勤劳与智慧
开放与包容
勇敢与质朴
还有，跟沿路各国
互学互助
互鉴互利
共赢共处
可谓是——
绵亘万里亚非欧
延续千年通有无
盖世史册独闪光
文明功德赛珍珠

当今丝绸之路
旨在伟大圆梦抱负
“人类命运共同体”
中国领衔提出、构筑
四年初步践行
立体多维输出
深受沿途欢迎
成果有目共睹
北京高峰论坛
各国派员光顾

"一带一路"建设
迈开历史新步
和平、繁荣、开放
创新、文明五路并轨
找到世界融合新出路

共商共建共享
同行同甘同苦
这就是担当中国
对命运一体的解读
对世界和平的推进
对人类劳动的造福

（2017 年 5 月 18 日 // 北京）

劳动之所以美
因为亮丽成堆
而溯源其根本
乃是发展为最

劳动与人同岁
攸关世界进退
从无到有
从小到大
从少到多
从简到繁
从低到高
无不散发着
推动人类进化的光辉

世间所有的
文明与进步
美好与富贵
均为劳动发展的
日积月累和旨归
然而，劳动要素中
发展理念功居首位
因为信念支撑发展
劳动依靠思想支配
历经世代探索

当今家喻户晓的
创新、协调、绿色
开放、共享五大理念
早已成为劳动者的
坚定信念
执着追随

发展让劳动更美
劳动令发展不悔
劳动着收获着
发展着前进着
快乐着幸福着
就这样——
永不止步
永不陶醉

（2017年5月19日 // 北京）

创新——
五大发展理念之首
民族长盛不衰之魂
劳动乘风破浪之舟
一部人类劳动史
就是一部创新史
其中蕴含着——
创新理念
创新精神
创新过程
创新果实

劳动创新史
成就了社会发展史
也使劳动日新月异
不断抛开旧的
不停创造新的
不断离开低级
不停跃上高级
不断砸碎腐朽
不停创造新奇
不断摆脱狭隘
不停壮大格局
不断刷新纪录
不停开拓荒地

昨天又传欣喜
中国首次海域可燃冰
试采成功
这是劳动创新的
最新战绩
令世界刮目相看
令他人望尘莫及

劳动美丽
创新是动力
即使重复与简单劳动
缺了创新理念和精神
也很难始终保持优异
阳光心态
创新不止
加上科学方法
劳动所向披靡

今天是 520
一个表达爱的日子
我要大声说
我爱你——
劳动的创新
创新的劳力

（2017 年 5 月 20 日 // 北京）

坚持协调发展
是五大发展理念之二
也是劳动发展之必然
劳动需要协作
劳动需要配合
劳动需要整体发展
今日恰逢小满
辛勤耕耘的人们
只盼雨水丰盈籽饱满
才有望迎来丰收大满
这正是人与自然
在劳作上的协调发展

然而，劳动的协调发展
更多地体现在社会方面
诸如软实力与硬实力
怎样协调发展
劳动工具与劳动能力
怎样协调发展
差距甚大的区域间
怎样协调发展
城市与农村
怎样协调发展
物质文明与精神文明
怎样协调发展

经济建设与国防建设
怎样协调发展
党的十八届五中全会
都给出了明确答案

只要全体劳动者
“撸起袖子加油干”
团结一心
共苦同甘
不懈奋战
两个百年目标
还有伟大复兴中国梦
就一定能够实现

（2017 年 5 月 21 日 // 北京）

劳动——
播种绿色
也收获绿色
谱写着一首
高唱环保的绿色歌

绿色——
五大发展理念之三
提升劳动的成色
是发展的必要条件
也是劳动的价值取舍

坚持绿色发展
劳动者人人有责
讲卫生除污染
治雾霾见蓝天
低碳循环终有得
既要金山银山
又要绿水青山
人与自然须和谐
维护可持续发展
把控速度讲科学
有限资源须节约
生态安全屏障牢
环境友好劳功高
推进美丽中国建设

绿色劳动
创造绿色生活
兴建绿色百业
绿色发展路漫漫
再艰难
再曲折
也要义无反顾
朝着既定目标
一步步向前跋涉

（2017 年 5 月 22 日 // 北京）

2017 年 4 月 17 日，中国人生科学学会公益大讲堂洛阳站报告会场景。

开放——
五大发展理念之四
离不开劳动支撑
更需要劳动践行
有了开放的劳动
才是发展的必由之路
才有劳动光明的远景

坚持开放发展
思想开通解禁令
找准支点找对路
深度融合求共赢
世界范围开放
两岸经济合作
企业之间联营
都要靠劳动者——
真诚包容，分享公平
责任同担，义务共尽
利益捆绑，和谐互信

封闭出路暗淡
开放星月辉映
不论人民创造历史
还是劳动开创未来
不论古丝路的荣耀

还是“一带一路”新兴
不论当年马列引进
还是如今改革渐深
开放的旗帜
开放的身影
开放的作用
开放的功勋
永远是一道亮丽风景线

（2017 年 5 月 23 日 // 北京）

共享——
五大发展理念压轴
劳动的终极向往
发展的本质要求
体现人民主体地位
劳动人民永远至上

共享劳动与发展
出发点为了人民
过程要依靠人民
成果由人民共享

坚持共享发展
勤奋劳动第一桩
为了实现——
全民根本利益依法保障
攻坚工程精准扶贫脱贫
提高受教育层次和质量
两个同步缩小收入差距
大众创业万众创新构想
更公平可持续社保制度
健康中国人人安全健康
人口发展均衡
共同迈向小康

天上不会掉馅饼
共劳才能有共享
发展是个硬道理
耕耘总为收获忙
共享思源方致远
幸福路上吐芬芳

（2017 年 5 月 24 日 // 北京）

2017 年 4 月 17 日，作者应邀在中国人生科学学会公益大讲堂洛阳站报告会上，满含深情地演讲“‘母爱伴我行’之家国情怀”，赢得与会嘉宾、师生和家长代表数百人阵阵掌声！

劳动
一旦失去和平环境
即使再美也将难美
再勤也将难勤
遍地战火硝烟
能保命就算幸运
何谈劳动美与安宁

回望古丝绸之路
无不是战时衰、和时兴
而且传递的是友善
不是侵略与血腥
再看今日沿路地区
许多流淌着
牛奶、蜂蜜与石油的地方
却成了冲突挑战的角斗场
湮没了昔日劳动幸福美景

顺应时代发展大势
中国担起历史重任
为重塑世界繁荣与安宁
组建“一带一路”大格局
发出“五路”一体建
首筑和平之路最强音
这是千古佳话

又暖沿路劳动者的心
空前规模的北京峰会
达成诸多共识——
和平、发展、合作、共赢
政治化解热点
坚持公道正义
联手驱苦去贫
标本兼治恐怖
还广大民众劳动安宁

“一带一路”建设
源自中国、属于世界
因为无人不热爱和平
和平之路是走出来的
须靠扎实劳动与协力同心
我们在伟大复兴途中
既要珍惜幸福劳作
更要拓宽、行稳和平之路
一旦失去和平
恐怕劳动美
就只是泡影
就只是梦境

（2017 年 5 月 25 日 // 北京）

蓬勃发展与昌盛
是为繁荣
使之蓬勃发展与昌盛
则取决于劳动
如果说发展
是解决问题的总动力
那么劳动
便为繁荣立下头等功

繁荣之路
“一带一路”的重中之重
聚集沿路民众之劳
释放各国潜发与共
旨在实现——
经济大融合
发展大联动
成果大共享
劳动大颂赞

产业合作经济本
抓住大项不放松
国际产能待加强
劳技输出占主动
装备制造抢先机
实力做证往前冲

工业革命新机遇
还有发展新业态
高科勤奋举繁荣

劳动至美繁荣
繁荣功在劳动
让我们崇尚劳动吧
劳动与繁荣永远共荣

（2017 年 5 月 26 日 // 北京）

2017 年 4 月 24 日，作者“‘母爱伴我行’之劝学记忆”演讲走进北京北马各庄小学“2017 国学经典”讲坛时，与学生互动的场景。

劳动就像蜡烛
燃烧自身
照亮文明
文明感恩劳动
放声歌唱
充满真情
有了世界灿烂文明
劳动之美胜过繁星

物质财富创造
精神财富凝聚
文明成果翻新
倘若离开劳动——
一切无从谈起
皆为水中月影

文明之路
“一带一路”的共识知音
那便是——
文明交流超越文明隔阂
文明互鉴超越文明冲突
文明共存超越文明优越
推动沿丝路各国
相互尊重、学习、发展

然而，总有人、有国
肆无忌惮践踏文明
鄙视伟大劳动民众
高高在上
野蛮横行
无法无天
灭绝人性
结果呢？终究是——
搬起石头砸已脚
聪明反被聪明误
误了劳动误文明
一步步走向绝境

文明是劳动的根命
劳动是文明的神灵
谁要毁坏文明
谁要污蔑劳动
劳动民众绝不会答应
人间正义也绝不答应

（2017 年 5 月 27 日 // 北京）

民主作为国家制度
以少数服从多数原则
共同管理国家事务
民主作为一种权利
是人民对国事畅抒己见
在国事活动中当家做主
民主作为核心价值
其地位重要而显赫
仅次于民强国富
劳动乃国事活动主体
无时无刻不在彰显民主
为创造人民美好幸福生活
提供政治保障与生命元素

享有民主的生活
人民才真的幸福
享有民主的劳动
人民更舍得付出
从打土豪分田地
到走上合作化道路
从土地承包责任制
到土地流转城乡并组
从人民政治协商
到民愿诉求畅通无阻
从大众创业万众创新

到抱团取暖众筹互助
处处都吹拂着——
劳动民主的春风
民主劳动的祥云
当家做主的幸福

纵然是有人蹂躏民主
让百姓活得不舒服
或制造困苦
或堵塞言路
或人身攻击
或作威作福
或欲加之罪
或断送仕途
但有一点剥夺不了
那就是民众——
终生劳动的自由
幸福生存的自主
报效国家的权利
回报社会的归途

（2017 年 5 月 28 日 // 北京）

富强——
中国梦的最大梦愿
核心价值观之首观
劳动美不美
富强有权鉴
富强哪里来
全靠劳动干

劳动是富强的源泉
富强乃劳动的积淀
劳动者用——
劳动的汗水
劳动的智慧
劳动的艰辛
劳动的果实
一点一点
一步一步
一层一层
把富强大厦构建
把民族复兴重建

为了民族伟大复兴
中华儿女浑身是胆
前赴后继奇迹连篇
谱写壮丽辉煌于苦难

起步百废待兴于饥寒
打破西方封锁于自强
启航改革开放于致远

枪林弹雨中
无数先烈倒下了
成为今天富强的基石
可前不久惊闻
竟然有家长叫其孩子
远离少年英雄刘胡兰
不由得，我心中打战
英雄们应该更心寒
殊不知！当下幸福生活
是多少刘胡兰的头颅
才能堆积呈现
是多少刘胡兰的鲜血
才能流出甘甜
是多少刘胡兰的牺牲
才能国泰民安
我问苍天、我问大地
这是怎么了？难道
连为我们造福的
英雄都要远离
简直是不可理喻
危险哪！可怕的危险

艰难岁月里
伟大领袖与人民——
风雨同舟
心心相连
为了人民江山
六位亲人献出生命
一件睡衣竟有补丁七十三
相比那些贪官
怎能不令人敬仰无限
还有勒紧腰带、咬紧牙关
也要搞出一星两弹
让劳苦大众扬眉吐气
从而奠定走向富强的撒手锏

富强大厦不会忘记
王进喜的“铁人精神”
“宁可少活二十年
拼命也要拿下大油田”
富强大厦不会忘记
县委书记的榜样焦裕禄
带领人民战灾害渡难关
公仆形象永活群众心间
富强大厦不会忘记
雷锋精神诠释党的宗旨
热爱劳动爱岗敬业

助人为乐无私奉献
富强大厦不会忘记
还有许许多多有功之臣
还有千千万万平凡劳众
支撑着锦绣河山
荡涤着污泥浊水
推动着文明发展

富强在路上
任重道远
劳动在路上
一往无前
待到圆梦时
劳动更灿烂

（2017年5月29日 // 北京）

岁岁端阳
今又端阳
全民顶礼膜拜屈原
敬其爱国铁骨钢梁

爱国作为一种感情
那是爱自己祖国的情网
爱国作为一种美德
那是文明人首要的德望
爱国作为一种境界
那是崇高精神的光芒
爱国作为一种责任
那是义不容辞的荣光
爱国作为一种抱负
那是高远博大的志向
爱国作为核心价值
那是公民个人的闪亮
爱国放射劳动光辉
劳动践行爱国思想

唯有劳动的爱国
才是真正的爱国形象
唯有爱国的劳动
才是崇高的劳动向往
当爱国与劳动

被统治者枉费和遗忘
屈原流放以至投江
以身殉国、殉道、殉志
留下悲壮的爱国主义
和爱国精神的千古绝唱
两千多年虽已过去
但忧国忧民警钟一直敲响

中华民族有太多忧伤
劳动人民最值得敬仰
世代辛勤劳作
只为国家繁昌
不求名利地位
只求社稷兴旺
立足本职勤劳
贡献爱国力量
哪怕无辜遭殃
宁可选择忍让
点点滴滴
平平常常
谱写着亘古不变
血脉相连的爱国篇章

为了屈原的衷肠
为了端午的太阳

为了人生的价值
为了中国的梦想
让我们携起手来
做好中国人
建好中国家
当好中国龙
强盛大中华

恭祝阅读者端午节吉祥安康！

（2017 年 5 月 30 日 // 北京）

作者近三年出版的新著照片。

和谐——
中国传统文化基本理念
国家层面价值目标之一
科学发展观的重要论点
社会建设领域价值诉求
劳动健康发展必备条件

个人自身的和谐
健康勤劳、积极向善
必然带动劳动潜能彰显
人与人之间和谐相待
诚实守信、平等友爱
必然有益劳动者互助互管
人与自然和谐相处
生态良好、生活富裕
必然促进劳动生产发展
社会各系统各阶层的和谐
调节利益、化解矛盾
必然催生劳动效益翻番
整个国家与外部世界和谐
开放包容、共建共赢
必然赢得和平崛起的宝贵时间

劳动需要和谐环境
和谐更需劳动创建

学有所教
离不开智力劳动贡献
劳有所得
离不开酬劳公平兑现
病有所医
离不开医科普及发展
老有所养
离不开多方协力支援
住有所居
离不开群众共同奋战
活有所宁
离不开全员创建平安

劳动为和谐插上翅膀
和谐助劳动愈加久远
谋求和谐
既是目标也是过程
需要全体劳动者
不懈奋斗方可实现

（2017 年 5 月 31 日 // 北京）

童年的回忆最美好
童年的歌谣最难忘
童年的学习最快乐
童年的劳动喜洋洋

今天是六一儿童节
念念不舍童心守望
回首昔日光景
我们荡起双桨
红星照我去战斗
成长中孕育理想
弹弹珠乐此不疲
拔萝卜兴致昂扬
满箩筐的幸福时光
那是采蘑菇的小姑娘
小燕子逢春到
上学歌种太阳
丢手绢找朋友
洗手绢永难忘
妈妈教我学劳动
劳动伴我在成长

童年的劳动虽简单
简单的劳动真向往

哪怕成年成事再高远
还是这份童心最荡漾

（2017 年 6 月 1 日 // 天津）

2017 年 5 月 8 日，作者应邀到甘肃建筑职业技术学院作“‘母爱伴我行’之爱国责任”讲演。

自由飞翔
飞禽习性
人之梦想

自由，是核心价值观的
首选社会层面价值取向
也是人在法治范围内
随己意志活动的权利和向往
劳动自由体现为——
存在自由的至纯营养
人身自由的至尊境界
发展自由的至高渴望

陶渊明的《归园田居》
吟诵出“开荒南野际
复得返自然”的扑鼻清香
裴多菲的《自由与爱情》
留下包括生命与爱情在内
自由高于一切的千古绝唱
白居易的《短歌曲》
道出了“盛衰不自由
得失常相逐”的苦衷与惆怅
凡此种种告诉人们
争得自由实不易
自由劳动心花放

自由劳动心花放
那是入道守律的仰仗
那是炉火纯青的历练
那是成熟劳者的尊享
我国“可燃冰”试采成功
宣告世界同领域自由领航

人身自由也好
劳动自由也罢
都不青睐——
无法无天的狂妄
无拘无束的独尊
无廉无耻的嚣张
到头来，不过是——
作恶多端必自毙
天网恢恢把身葬

好人终究伴吉祥
因为他们从没忘——
自由人生有法度
自由劳动万年长

（2017 年 6 月 2 日 // 北京）

法律面前人人平等
这是法治社会的根本
社会价值取向的重要追求
劳动大众祈祷的心底福音

我们的初衷、制度、愿景
本来根植于广大劳动人民
由于种种历史、现实原因
却让大大小小、形形色色
“老虎”“苍蝇”念歪了经
经一念歪不打紧
便致使劳动人民——
理该尊重的人权常遭蹂躏
理该参与的政事常被忽略
理该得到的保障常会变形
试问那些“老虎”“苍蝇”
谁给你们这么大权力
国家财产随意侵吞
谁给你们这么大狗胆
劳动人民任由欺凌
谁给你们这么大本事
抹杀正义草菅人命
谁给你们这么大出息
卖国求荣背叛民心
面对这些数不清的疑惑

劳动人民心中在滴血
劳动人民其实也肚明
你们的大逆不道
你们的人面兽心
你们的假意虚情
你们的贪婪成性
你们的厚颜无耻
你们的忘本行径
都是我们习惯了忍辱负重
都是我们习惯了息事宁人
都是我们习惯了顾全大局
都是我们习惯了寄托信任
把你们给宠的
把你们给养的
才使你们无视我们
才使你们蔑视劳动
才使你们小视平等
才使你们毁了自身

而今，习总书记奋起千钧棒
打虎灭蝇不断传佳讯
劳动人民信心倍增
坚信只要上下同舟共济
总有希望找回平等

总有希望实现法治
总有希望走向昌盛

（2017 年 6 月 3 日 // 北京）

2017 年 5 月 8 日，作者应邀到著名学府兰州大学演讲“‘母爱伴我行’之家国情怀”时，向校领导签名赠书。

社会公平正义，没有偏私
是为公正概念
作为核心价值观
乃国家、社会根本价值理念
而理念转化为现实
必须通过劳动来实现

劳动人民的解放
尤其是新中国的诞生
为每个人获得自由平等权利
开创了无比广阔的空间
物质文明的飞速发展
精神文明的广泛传播
使劳动者有了空前的公正感

然而，如同
金无足赤、人无完人
尚存不公正现象在所难免
真正全面实现社会公正
还有很长的路摆在面前

劳动投入不公
还比较普遍
有的英雄无用武之地

有的占着茅坑不拉屎
有的祖祖辈辈勤勉
有的子子孙孙啃现
有的劳动资料奇缺
有的霸占劳动资源
劳动分配不公
还随处可见
有的面朝黄土背朝天
一年到头难赚养家糊口钱
有的唱首歌、演场剧
轻轻松松获利亿万元
有的化国家资产为私有
一夜暴富造宫殿
有的习惯空手套白狼
简直是无法无天
有的仗势欺人没商量
巧取豪夺惹民怨……

整治不公正
落实法治是关键
消除腐败是硬仗
平等劳动是尊严
倡导正义是灵魂
坚持公平是原则

小康要全面实现
中国梦要如期圆
就必须——
劳动者齐上阵
各阶层一条心
全社会总动员
打造一个公正的好环境
迎来一个绚丽的艳阳天

（2017 年 6 月 4 日 // 北京）

法治——
治国理政的基本方式
依法治国的锐利武器
1994 年劳动法
全面规范了劳动者的
主要义务和权利
就业政策与规定
工作制度与报酬
劳动保障与劳动关系
成为劳动者的“护身符”
有了法律保护的劳动
从此跻身依法治国殿堂
使劳动更加光耀绚丽

依法治国——
社会主义民主政治基本要求
有了民主保障
有了政治指引
有了劳动法规
劳动不再受歧视
劳动者不再受奴役
也不再受窝囊气
劳动起来——
格外心情舒畅
格外昂扬斗志

格外智慧无比

通过法制建设维护和保障
公民劳动的根本利益
也保证自由平等和公平正义
出现劳动利益受损
出现劳务关系纠纷
出现劳动者安全问题
都能够依照法律
寻求保护、伸张正义
让劳动不断充满着
正能量的创造力
蓬勃的发展力
无限大的洪荒力

今日恰逢芒种节气
忙收忙种耽搁不起
法治支撑快乐劳动
劳动路上坚守法治

（2017 年 6 月 5 日 // 北京）

劳动美，美在劳动者
对学业职业事业热爱的
内化于心、外化于行
正所谓爱岗敬业也

敬业重在忠于职守
克己奉公知取舍
心甘情愿服务民
回报社会是为乐

敬业贵在专心致志
体脑工作精细做
繁简劳动用心干
功到深处业自赫

敬业难在持之以恒
守一阵子容易热
敬一辈子靠定力
宛若执着信念歌

敬业利在造福家国
社会价值积厚德
拼搏精神励后人
经济发展蓄长河

（2017 年 6 月 6 日 // 张家口坝上）

诚实守信
道德至真
核心价值
劳动天神

诚实劳动
无限感恩
虚假劳动
终究不成

信守承诺
永远真人
劳动万岁
你我同行

诚恳待人
那叫德行
千秋万代
必须传承

（2017 年 6 月 7 日 // 河北沽源）

朋友之间亲近和睦
劳动者之间互相帮助
新型人际关系必然
核心价值守底基础

劳动者之间互相尊重
每份劳动心血付出
你欣赏我我赞美你
汗水飘逸友善幸福

劳者之间互相关心
每份劳动友谊种出
你心疼我我爱护你
累累硕果收获和睦

怀抱友善确实舒服
每份劳动快乐溢出
你影响我我感染你
世世代代生龙活虎

（2017年6月8日//沽源至北京）

宗教信奉上帝
劳动信奉创造
人生若无信仰
无异随风飘摇

上帝——虚无缥缈
创造——财富回报
劳者坚守勤劳
才是致富王道

母亲曾教导
“勤奋写人生
发展靠工作”
遵循到今朝
始得其奥妙

有人蔑视劳动
擅长投机取巧
习惯媚上欺下
更爱愚弄百姓
终究难逃“劳动改造”

有人学无目标
只为应付高考
高考刚刚落幕

许多学子就把书本撕掉
一窝蜂似的向空中乱抛

没有信仰真可怕
看似潇洒实可笑
坚定信仰动力足
劳动人生乐逍遥

（2017 年 6 月 9 日 // 北京）

2017 年 5 月 3 日，作者演讲结束后，与甘肃交通职业技术学院领导班子合影留念。

劳动是创造的源泉
创造是自信的表现
“一切的奇迹在你自己”
因为——
自信是成功的第一秘诀
自信是生存的第一靠山
自信是劳动的第一资源

“自信人生二百年
会当击水三千里”
这是伟人毛泽东的自信
勤奋，珍惜时光
为了鲲鹏之志最终施展

“天生我材必有用”
那是诗人李白的自信
也是对劳动创造的眷念

即使是平凡劳动者
只要有坚决的自信
也可以——
化渺小为伟大
化平庸为神奇
化无声为惊天
因为——

人类财富的日积月累
人类文明的飞速发展
人类社会的演化灿烂
无不是劳动者——
自信攻坚克难
自信战胜自我
自信赢得自然

自信源自劳动无限
劳动仰仗自信长脸
我辈坚信——
有了自信，一往无前

（2017 年 6 月 10 日 // 河北怀来）

长路奉献给远方
玫瑰奉献给爱情
劳动奉献给世界
人类奉献给劳动
奉献人生无上光荣

不同劳者奉献不同
但岁月一样地火红
哪怕只是做个义工
价值也自在闪光中
因为奉献是一种爱
付出青春、汗水、热情
甚至宝贵的生命
不图回报与索求
收获崇高情感与福种
还有金不换的千秋业功

参观董存瑞纪念馆
眼前再现熟悉的英雄
用身躯当炸药包引擎
惊天地、泣鬼神高呼
“为了新中国，前进！”
顿时，我周身热血沸腾
感动的泪水不禁泉涌
随着一声巨响

炸掉了敌人的堡垒
打开了总攻的通道
实现了胜利的冲锋
而英雄的身躯和壮举
却伴着熊熊的战火硝烟
永远定格在神州的长空

六十九年过去
新中国早已昌盛繁荣
英雄若九泉有知
定会无比自豪与感动

然而，与繁荣相随的
也有遗憾、丑陋——
信仰缺失与心痛
道德沦丧与腐朽
私欲膨胀与享受
金钱至上与犯罪
凡此种种
真的让仇者快亲者痛
真的有负劳动的奉献
真的愧对我们的英雄

社会在呐喊
人民在呼唤——

英雄主义教育
爱国主义教育
珍惜劳动教育
再也不能懈怠和放松
没有无数英雄牺牲
哪来我们幸福的拥有
没有祖国欣欣向荣
哪来我们快乐的拥有
没有劳动奉献付出
哪来我们长寿的拥有
所以，让我们赶紧行动
弘扬英雄的智勇
弘扬爱国的传统
弘扬文化的优秀
弘扬劳动的光荣
为助推中国梦
意气风发
昂首挺胸
净化心灵
奉献劳动

（2017 年 6 月 11 日 // 怀来至北京）

失败是成功之母
劳动是财富之母
学习是劳动之母
劳动离不开学习

学习不分贵贱高低
谁都需要不断学习
因为一旦放松学习
劳动质量肯定不济

学习不是单打一
方方面面都得习
适应社会要能力
胜任劳动靠蓄底

学习不局限一时一事
终身坚持方获真谛
学习的敌人是自我满足
劳动的敌人是放弃学习

劳动靠学习
学习增劳力
坚持学习的劳动
劳动才会永远美丽

（2017 年 6 月 12 日 // 北京）

劳动诚美丽
悟性是道景
“无所觉之谓迷
有所觉之谓悟”
先天和后天因素
把悟性共同构成
掘其要义
贵在吾心
正所谓——
师父领进门
修行靠个人

悟性高的人
都是感知力、思考力
洞察力极强的人
也是厚积而薄发
劳动中豁然开朗的人
从事同样的劳动
为什么有人平庸一生
有人却独具匠心
从事重复的劳动
为什么有人老无长劲
有人却精益求精
从事全新的劳动
为什么有人反应迟钝

有人却应手得心
还有——
科学家发明创造
政治家叱咤风云
军事家决胜千里
文学家吟诗作赋
改革家推陈出新
为何都能千古留名
差异多在悟性
悟性植根于勤奋和灵性
勤奋和灵性孕育了悟性

当然，普通劳动者
要把平凡的劳动
做得不平凡
也离不开悟性支撑
因为有悟性的劳动
更能提升劳动的品性
更能体现劳动的价值
更能尽展劳动的美景

（2017 年 6 月 13 日 // 北京）

劳动充满尊严
既有自尊内功
也须受人尊重
更在惠及大众

靠劳动立足于世
首先告示自我尊重
自食其力
凡人皆懂

劳动体现自尊美
也无什么可屈从
为社会甘愿付出
为人民服务光荣

有自尊的劳动
是劳动的从容
为了自尊与从容
无怨无悔向前冲

（2017 年 6 月 14 日 // 北京）

自立闪烁劳动光辉
劳动装点自立品位
“能自立者必有骨也”
若人皆如此
该是多美的社会

自立人生
看似平常实则高贵
自食其力立业安命
踏实甜蜜无怨无愧

自立者——
总与勤苦相生
总与勤勉相随
总与勤俭相伴
总与勤学相偎
即使猝不及防也不惧
纵然无故加之也不怒
即使屡受委屈也能忍
纵然伤心跌倒也能起
即使身患残疾也志坚
纵然风雨兼程也自归
即使笨鸟先飞也靠己
纵然一时落伍也奋追

人不思自立
天生残疾以外
除了无耻之举
便是游手好闲
或让懒惰支配
甚至走向犯罪

“要创造人类的幸福
全靠我们自己”
走好自己的路
人生得来尽快慰
做好该做的事
劳动本色永不褪
守好须守的节
虽留遗憾也无悔

（2017 年 6 月 15 日 // 北京）

自强不息、厚德载物——
中华民族精神支柱
劳动人民优秀品质
勤劳绘制的人生彩图

“吾将上下而求索”
那个时代虽已作古
但努力向上的自强之志
仍是华夏复兴的钢筋铁骨

“红军不怕远征难
万水千山只等闲”
那是苦难辉煌的豪迈
那是拯救危亡的壮举
那是挑战不可能的史书
那是自强不息的奇迹
那是震撼世界的旷世绝幕
新长征路上——
国之栋梁英雄辈出
财富增长空前高速
全面小康建成在即
中国制造福及丝路
自信垒起自强高峰
自强精神劳动永铸

君不见——
铺天盖地的大小“老虎”
曾几何时也很强很猛
勤劳勇敢的劳动者
满腔忠诚不辞辛苦
换来的却是——
心在滴血心在哭
还不得不装傻装孬又装输

拨开乌云红日出
还原自强劳动舞
“撸起袖子加油干”
生生不息万代福

（2017 年 6 月 16 日 // 北京）

神态、谈笑自若，依然如故
劳动者不变的常态
劳动者不俗的雅韵
劳动者不褪的风采

劳动中——
险兆的发现
险情的排除
险境的撤离
险阻的跨越
都需劳者镇静自如
机智果敢化险为夷

劳动者——
除了自若对待劳动
还须从容面对人为灾害
小山头的攻击
小圈子的围堵
小团伙的发难
小陷阱的设伏
小栽赃的迫害
诸如此类不一而足
没有超常智慧与忍耐
怎可笑纳满世界的挚爱

劳动美
天理在
何惧险
勇抗灾
既往矣
乐开怀
向未来
更美哉

（2017 年 6 月 17 日 // 北京）

劳动中的担当
是勇挑重担
是敢于负责
是不计得失
是一种使命
是一种奉献
“有容乃大
无欲则刚”
恰如担当精神之环

劳动须担当
涵盖人世间
今值父亲节
又感重任肩
如山
如梁
如天
既要种好家庭幸福田
还要挑好事业千斤担
哪怕苦不堪言
也得执着向前
这是何等的父爱
又是何等的大爱

伟人毛泽东

事迹感动天
一心为人民
百姓永惦念

（2017 年 6 月 18 日 // 北京）

2017 年 5 月 12 日，作者应邀莅临北京朝阳区团结湖二小“名师名家进校园”活动，给 100 多名学生家长深情演讲“‘母爱伴我行’之家教往事”，畅谈怎样在母亲教育下成长、成人、成才的亲历故事和感受。

遵循法纪
自我约束
是为自律
劳动中的自律
既是一种行为能力
也是一种良好习惯
还是一种崇高境界
更是一种目标激励

具备自律能力
必然提高劳动效率
养成自律习惯
便会严守劳动纪律
有了自律境界
劳动才能随心所欲
守望自律目标
劳动成为奔跑接力

有自律的劳动者——
充满自控力
充满勤奋力
充满意志力
有超强定力和毅力
不会轻易越轨
也无侥幸心理

而那些胆大妄为
自以为聪明伶俐
无法无天的狂徒儿
也许曾嘲笑自律劳者
但终究自己埋葬自己
不仅丧失了做人资格
而且此生永远站不起

做个自律劳动者
是为从长计议
这是平安之路
一生无忧无虑

（2017 年 6 月 19 日 // 北京）

人们常说的自学成才
劳动实践是最好舞台
劳动景致美
与自学分不开
人类许多劳动
包括从爬行到立走
从洗手到洗澡洗衣
从模仿到举一反三
无师自通
收获精彩

劳动中自学
学习无止境
譬如说——
学劳动理念
积累筹划思路才
学劳动技能
积累真功实干才
学劳动智慧
积累攻坚克难才
学劳动创新
积累不断发展才
再加上持之以恒
还有时不我待
劳动必然得心应手

收获也会不期自来

劳动冶炼自学
自学升华劳动
真知实践开采
学有三重境界
一是学会劳动
能自主展开
二是学精劳动
能无奇不在
三是学活劳动
能触类旁通
装点世界千姿百态
造福人民千秋万代

自学的动力
贵在自觉
重在自励
难在自悟
旨在自强
益在自外

（2017 年 6 月 20 日 // 北京）

今天是夏至节
正值一年中白昼最长
恰似自省的好时日
也是劳动的好光景
劳动中的自我反省
乃人生路上必修课
旨在不断修正人生航向
不断实现由内而外向善
不断达到自觉自我提升

经常反省己之过
就会优点变多
越劳动越年轻
经常反思己不足
就会悦人闪光
越劳动越有劲
经常反问己之心
就会知行相映
越劳动越宁静
经常反顾己往昔
就会母训常鸣
越劳动越兴奋
有自省的劳动人生
充满快乐安然至情

遗憾的是
劳动人人可为
而自省却并不一定
有的人高高在上、自以为是
有的人文过饰非、知错不认
有的人走火如魔、自作聪明
有的人金钱至上、唯我独尊
有的人栽赃陷害、嫁祸于人
有的人作恶多端、早无人味
何谈自我反省
何谈劳动光荣
何谈健康人生

为了光荣的劳动
为了健康的人生
为了不留遗憾
必须经常反省
因为自省可谓——
一往无前的加速剂
迷途知返的镇静剂
悔过自新的清醒剂
忘我劳动的兴奋剂
奔向幸福的润滑剂

（2017 年 6 月 21 日 // 北京至太原）

真正的劳动者
永远自爱自珍
伪装的劳动者
总是耀武扬威

自爱自珍者
处处谨言慎行
懂得尊重自己的人格
才有资格尊重他人
如果连自己都不重视了
又有谁会重视你呢

耀武扬威者
满口仁义道德
实则男盗女娼
对他人肆意妄为
恰是对自重对劳动的
无情践踏
无行之举
无耻之尤

劳动是福
源自自重
自重的劳动者

宁可千难万险打拼
也不卑躬屈节求荣
无耻的懒惰者
为达目的不择手段
到头来竹篮打水一场空
这正是——
自重者受人尊重
无耻者无地自容

（2017 年 6 月 22 日 // 太原至北京）

劳动自主
人民当家做主
这是新中国成立后
也就是——
“中国人民站起来了”
中国劳动人民
才享有的权利和义务
与之紧密相连的
国家独立自主
自力更生奋发图强
从此屹立世界民族之林
家庭幸福自主
勤俭持家亲人和睦
从此不再流浪无所居住
婚姻自由自主
告别千年陋习
从此爱情之花不再虚无
劳动人民能自主了
才是幸福的高指数

来之不易的劳动自主
凝聚了多少代人的
挣扎、奋斗、牺牲
还有青山深处长眠的
无数没留姓名的忠骨

他们总在向我们高呼——
虽然战争硝烟已远去
和平劳作的日子也很久
但我们没有理由忘记——
民族曾经饱受的苦
英雄曾经洒下的血
祖国曾经长久的痛
珍惜劳动自主
就要发扬艰苦奋斗精神
不断创造文明与财富
珍惜劳动自主
就要保持劳动人民本色
建设好家园与国土
珍惜劳动自主
就要肩负伟大复兴重任
不断迈向世界强国之路

劳动自主
心中舒服
任人摆布
早晚受苦

（2017 年 6 月 23 日 // 北京至天津）

愉悦是种心情
愉悦是种态度
愉悦是种胸怀
愉悦是种精神分享
“人生屡如此，何以肆愉悦”
劳动着，欢乐着，喜悦着
身心放松地投入着
愉悦的劳动真的很舒畅

人生百味
难在愉悦无往
幸事、喜事
誉事、情事……
自不必多讲
但在——
遇困难
闻恶言
受委屈
被打压
遭迫害
还能“愉悦不改其常”
那才是真有境界的愉悦
真愉悦可尽情笑傲沙场

“千载一会，愉悦无数”
三十春秋，欢聚一堂
向母校汇报
向师长感恩
向同学回望
已去的奋斗无憾
今天的美好无比
将来的朝阳无限
只要人在
劳动在、梦想在
贡献的意义必将超强

劳动与愉悦
有如妇随夫唱
同窗与兄弟
胜过地久天长

（2017年6月24日//天津）

劳动是自我解放
劳动是自我解救
劳动是自我解脱
劳动这件事儿——
相伴人一生
超度人一生
福泽人一生

自我解放人人都懂
假如没有劳动
人能否诞生还不一定
解放的源头在劳动
劳动的成就是提升
自我解救数不赢
所有的困惑
所有的心结
所有的烦恼
所有的惆怅
所有的恩怨
所有的所有
谁从心上也解不了
唯有自己才能治断根
自我解脱很重要
人一旦掉入陷阱
人一旦误入歧途

人一旦走入迷宫
他人开导固然不可少
但最终——
自我决裂才能蜕变告成

劳动“三自解”
解开人生锁
蹚出幸福路
不负今世情
母校望昔窗
赠著表感恩
再过三十年
期盼圆新梦

（2017 年 6 月 25 日 // 天津至保定）

劳动美不美
品格是杆秤
劳动者对待劳动
品性、品行兼优
才算真正劳动美

良好端正的态度
是搞好劳动的基础
诚实守信的坚守
是搞好劳动的底线
不讲条件的投身
是搞好劳动的胜算
重视细节的把控
是搞好劳动的必需
坚忍不拔的毅力
是搞好劳动的支撑
排除流言的干扰
是搞好劳动的痴情
力排众异的坚持
是搞好劳动的执着
无私无畏的付出
是搞好劳动的圣境

品格高尚者
劳动永远不累

厚德载物者
恰是任劳任怨
脚踏实地
克勤克俭
不占不贪
不卑不亢
乃名副其实的劳动人民

（2017 年 6 月 26 日 // 保定至北京）

不同的劳动
归属不同的职业
不同的职业
具有相应道德准则
守道德准则的劳动
是无比高尚的劳动
是播种文明的劳动
是大爱无疆的劳动

当下有种现象令人担忧
道德严重“滑坡”
劳动“唯利是图”
本应共同遵守的
行为准则与规范
也被遗忘和践踏
似已到了揪心的沉痛
究其原因，不外乎——
自律失控
舆论偏导
信仰危机
“西化”渐深
腐败作祟

顺应时代呼唤
人生科学学会举办

“为党旗添光彩”活动
成立道德文化教育研究院
力图“让道德融入世界
让世界充满道德”
可谓唤回民族信仰
遏制道德“滑坡”
弘扬优秀传统文化
寻求劳动本源的
利国利民利发展之举动

期盼劳动道德复苏
践行劳动道德任重
让我们大家行动起来
找回《道德经》的伦理大同

（2017 年 6 月 27 日 // 北京）

开朗爽快，说做就做
敞亮执着，干就干好
这是劳动人民的天性
也是劳必有成的使命

有了这敞快劲儿
干起活来舒畅
处起事来坦诚
谈起心来率真
克起难来无阻
创起业来无尽

有了这敞快劲儿
才能专心致志无二用
才能义无反顾向前走
才能全然忘我勇献身
才有劳动硕果累累——
把平凡事做得不平凡
把简单事做得不简单
把未知数变成已知
把不可能变成可能
把跟跑技术铸成领跑
把一般产品铸成精品
把尖端项目推向巅峰
把传统项目推向创新

用勤劳换来幸福生活
用智慧填平圆梦天堑
用奇迹书写伟大复兴

但劳动中也有另类
不是当弯弯绕
就是做绊脚石
不是当吸血鬼
就是做害人虫
不是当两面人
就是做狐狸精
自以为高贵
自以为能干
自以为富有
自以为聪明
殊不知是劳动人民
敞快的天性使命
淳朴的大智若愚
惯坏了这些无耻之类
迟滞了劳动健康前行

我们应该也必须相信
做敞快的劳动者
最终——
上天不会亏待

祖国不会亏欠
人民不会亏本
山河将永远做证
世界将永远做证
宇宙将永远做证

（2017 年 6 月 28 日 // 北京）

2017 年 6 月 18 日，作者“母爱伴我行”系列巡讲应邀走进李洪涛教授在京举办的“中国声震天下好故事路演”活动，与大家分享“‘母爱伴我行’之情暖人间与核心价值”的一个个感人故事。

协同劳动
产生协同效应
即一加一大于二效应
这是一种劳动理念
也是一种劳动方式
更是一种劳动战略
体现人类发展大势
彰显改造自然神威
有协同的劳动
才有担当世界的共赢

协同劳动的本质是
互相配合
互相信任
互相协作
互相支撑
协同劳动的途径是
资源共享、抱团取暖
风险同担、风雨同舟
效应互补、并肩前进
协同劳动的目标是
聚集更强的力量
创造更大的价值
实现更高的飞腾

协同劳动适用领域宽广
道德回归要协同人心
弘扬国学要协同全民
科技强国要协同攻关
发展经济要协同百业
众筹股权要协同融资
保家卫国要协同作战
铲除腐败要协同法令
协同无处不在
劳动已离不开协同
协同好似劳动的翅膀延伸

然而，遗憾总是难免——
有人不懂得协同
夜郎自大、井底之蛙
有人不愿意协同
个人至上、名利熏心
有人不善于协同
方法欠缺、方案欠佳
有人不坚持协同
半途而废、无功而返
有人假借协同
专营小圈、死拉山头
其结果呢——
不仅阻碍劳动效率提高

而且浪费劳动人民感情

当协同成为全人类共识
劳动意义就会远超自身

（2017年6月29日//北京）

2017年6月25日，作者在武警指挥学院85级政治系一队毕业30周年纪念活动中，向母校赠送新近出版的散文集《母爱伴我行》和诗歌集《锦绣山河颂》后，学院政治部为其颁发收藏证书。

劳动之美
极富浪漫色彩
那是因为——
劳动本身富有诗意
“白发老农如鹤立
麦场高处望云开”
劳动孕育了无数诗篇
“锄禾日当午，汗滴禾下土”
“晨兴理荒秽，带月荷锄归”
劳动充满幻想与希望
“春种一粒粟，秋收万颗子”
“江上往来人，但爱鲈鱼美”
最美最甜的浪漫劲儿
是带着丰收喜悦劳动归来

劳动浪漫有别情侣浪漫
前者是劳动的激情艺术
既创造物质财富
也创造精神财富
劳动当歌乐开怀
劳动痴情惊喜来
劳动实践真知出
终把梦想变实在
后者是前者的分享
也是前者的派生物

有了劳动的浪漫
就有了一切浪漫的舞台
享受浪漫劳动
劳动永不懈怠
只有浪漫地投入劳动
劳动才会更加快乐
人生才会更加精彩

（2017 年 6 月 30 日 // 北京）

劳动为何光荣美丽
劳动肩负使命
使命乃重大责任
负责任的劳动
意义非凡、价值连城
造福社会
造福人民
造福历史
造福未来
推动世界发展与创新

缺乏使命感的劳动
要么敷衍塞责、消极怠工
要么投机取巧、投其所好
要么欺上瞒下、欺世盗名
那都不是真正的劳动人民

今天是中国共产党
96 周年华诞
令我想起当年入党誓言
全心全意服务人民
为实现共产主义奋斗终生
那是多么地——
豪迈、坚定、忠勇、真诚

近百年风雨历程
变换了执政环境
出些败类无须大惊小怪
恰给开拓新时代鸣响警钟
正是有辱使命者的出现
才证实了党之使命高远
才让我们——
不忘初心
继续前行
永葆本色
永远感恩

（2017 年 7 月 1 日 // 北京）

劳动的向往
既是一种境界
也是一种职场
既是一种喜悦
也是一种酣畅
既是一种幸福
也是一种梦想
既是一种回味
也是一种展望

向往的劳动
犹如坚定的信仰
好比既定的目标
胜似崇高的理想
充满由衷热爱
充满无穷力量
充满生命阳光

（2017 年 7 月 2 日 // 北京）

包容——
北京精神之特征
劳动人民之胸襟
劳动发展之纽带
劳动涵养之极品

多元劳动文化的融合
多边劳动协作的多赢
多种劳动精神的形成
多方劳动效应的互补
多维劳动构架的美景
多族劳动人民的共荣
都是劳动的包容
都是包容的结晶
从而，使劳动变得——
更加流光溢彩
更加美不胜收
更加充满智能
更加灿若繁星
也使劳动者变得——
更加充满自信
更加意气风发
更加团结奋进
更加无往不胜

（2017年7月3日 // 北京）

厚德——
北京精神之品质
华夏文化之灵魂
劳动美丽之亮点
正所谓“地势坤
君子以厚德载物”
劳动积厚德
厚德载坤乾

何为劳动积厚德
就是人们在劳动中——
友爱相待、互帮互助
乐意吃苦、甘愿奉献
胸怀坦荡、文明礼赞
德泽育人、劳载万物
造福社会、推动发展

古往今来
总有些缺德无德者
阻碍劳积厚德
阻碍劳民行善
阻碍劳动发展
但终究挡不住——
劳动人民厚德步伐
历史车轮滚滚向前

厚德劳动是铁杆
谁想破坏都枉然
德劳兼蓄财富旺
劳动光荣代代传

（2017 年 7 月 4 日 // 北京）

2017 年 7 月 9 日，作者“母爱伴我行”系列巡讲应邀走进“中国航天 @ 东方红”中国式直销商洽会现场，做“母爱与爱国”公益演讲，从精神层面诠释健康与财富的国家意义和社会功效，并向热心读者签名赠送散文集《母爱伴我行》近 90 册。

劳动与爱心
密不可分
劳动者在劳动中
互相关怀
互相关爱
互相关照
乃是纯洁的爱
真挚的思想感情

爱心见证劳动
劳动充满爱心
劳动汗水的洗礼
劳动付出的虔诚
劳动智慧的贡献
劳动高峰的攀行
劳动互助的相拥
劳动英雄的功勋
恰如一颗颗博爱之心
光闪闪、亮晶晶

不知从何时起
献爱心有了顾虑
做好事有人讥讽
学英雄有人嘲笑
走正道有人阻挡

对此，不可思议
劳动人民伤透了心
爱心人士伤透了情
不禁问苍茫大地——
好人献爱心怎么啦
雷锋还能回来吗
雷锋精神何时重新唤醒

不管怎么样
我们还是深信
人性充满爱
世界充满爱
劳动充满爱
爱心会与每个人更亲近
爱心将与日月永远同行

（2017 年 7 月 5 日 // 北京）

劳动责任是指
劳者分内应做的事情
具体包括——
承担应当承担的任务
做好应当做好的工作
完成应当完成的使命
如果人人都能负起责任
劳动前景必将无限光明

责任大于天
责任重于山
责任浓于情
有了责任的劳动
利在当下、功在千秋
造就自己、造福他人
开创世界、开辟未来
永远踏实、永远安心

现在的问题是
许多劳动不负责任
或虎头蛇尾
落下一些半截子工程
或沽名钓誉
落下一些假把式工程
或急功近利

落下一些豆腐渣工程
或自欺欺人
落下一些昧良心工程
或无视道德
落下一些大骗局工程
或践踏法律
落下一些巨贪腐工程
凡此种种，真可谓——
置人民血汗于不顾
受伤的总是善良劳民

如果人人都能负起责任
劳动将是一件轻松事情
那样的话——
监狱不会再拥挤
丑恶不会再横行
贫穷不会再延续
人心不会再拜金
我们坚信——
劳动致富
责任在肩
正义在胸
正道在勤

（2017 年 7 月 6 日 // 北京）

人须有感恩之心
更须有感恩之行
带着感恩心劳动
劳动充满感恩情

劳动创造了人自身
父母恩德无比
儿女当尽孝心
劳动创造了新中国
党恩大于天地
国民必尽忠心
劳动创造了好生活
感恩先烈献身
奉献宝贵爱心
劳动创造了大课堂
感恩成长有师
永葆学习虚心

经历过战火硝烟
更感恩和平环境
经历过艰难困苦
更感恩幸福祥云
经历过坎坷崎岖
更感恩成功有幸
经历过病魔煎熬

更感恩健康无垠
经历过种种骗局
更感恩诚善可亲
经历过风吹雨打
更感恩阳光暖心
经历过撕心裂肺
更感恩开怀畅饮

有了感恩心
劳动快乐行
人生恨苦短
快乐岂可停

（2017 年 7 月 7 日 // 北京）

劳动练修养
修养劳动来
劳动修养——
劳动者的劳动水平
劳动者待人处事的态度
求取学识品德完善充实
水平决定劳动质量
态度决定劳动品质

劳动水平是个集合体
主要包括——
劳动思想的树立
劳动理论的掌握
劳动知识的传承
劳动技能的培养
劳动艺术的锤炼
劳动智力的开发
劳动科学的普及
而劳动者待人处事态度
则主要是——
人格的完善
性格的修炼
言行的有礼
合乎优秀传统文化礼仪

劳动修养是种魅力和实力
体现劳动者的综合素质
它源自读书和实践
还有榜样和经常反思
须从点滴着手
须从习惯养成
须从内心发力
得来不是一阵子，而是
一辈子的努力
一辈子的坚持
一辈子的奋起

（2017 年 7 月 8 日 // 北京）

劳动的美丽
离不开分享
尤其进入分享经济时代
与人分着享受真好真爽

分享的——
不仅是劳动快乐
而且有劳动畅想
不仅是劳动资源
而且有劳动展望
不仅是劳动理念
而且有劳动宝藏
不仅是劳动致富
而且有劳动荣光
不仅是劳动本色
而且有劳动无疆
劳动分享大磁场
分享劳动地久天长

（2017年7月9日//北京）

"灵魂深处的美丽和寂寞
总是需要一个人来读懂"
这是对理解的形象解读
而劳动中的互相理解
互相体谅和互相尊重
正是心与心最好的沟通

劳动中友谊的建立
需要劳动者互相理解和谦恭
劳动中误会的消除
需要劳动者互相理解和宽容
劳动中短板的找齐
需要劳动者互相理解和补充
劳动中效率的提升
需要劳动者互相理解和互动
劳动中困难的克服
需要劳动者互相理解和志同
劳动中大功的告成
需要劳动者互相理解和与共

充满理解的劳动暖融融
有了劳动的理解心相通
在劳动中理解
在理解中劳动
那是灵魂的碰撞

也是智慧的表现

更是情感的交融

日久弥新

日益厚重

（2017 年 7 月 10 日 // 北京）

2017 年 7 月 22 日，作者应邀到陕西宝鸡市委宣传部等十部门联合主办的“宝鸡市第五届公民道德公益大讲堂”做“‘母爱伴我行’之家国情怀”深情演讲。图为听众正面场景。

明智的劳动
是高端高效高质劳动
劳动的明智
需要高智商高情商相拥

劳动中——
各项理念的优化
各类人员的掌控
各种矛盾的调解
各方关系的顺风
都需要耐心地析事明理
才能达成步调一致的志向

劳动进程——
道路充满艰辛
人心难得一统
自然时降障碍
虎狼经常出没
都需要周全决策定向
才能保障劳动者一路畅通

劳动发展——
预则立、不预则废
科学规划的确定
重大项目的启动

事关全局的抉择
都需要远见卓识支撑
才能到达所要攀登的高峰

知人者智
自知者明
劳者明智
劳动火红

（2017 年 7 月 11 日 // 北京）

淡定的劳动
“生如夏花之绚烂
死如秋叶之静美”
劳动的淡定
“命里有时终须有
命里无时莫强求”
笑看人间污浊滔滔
总能找到清纯浩浩

淡定之劳动——
让人沉着、镇定
淡泊名利、是非
外化从容、优雅
遇事不惊、不怒
那是人生境界至高
那是内在修炼至纯
那是劳动美丽至骄

今日进入伏天
人心更须淡定
忘却了所有不爽
告别了所有高傲
远离了所有尘埃
抛弃了所有喧嚣
心中留下的——

只有自然的安然坦然
只有生活的平淡平静
只有劳作的美感美妙

（2017 年 7 月 12 日 // 北京）

2017 年 7 月 22 日，作者应邀到陕西宝鸡市委宣传部等十部门联合主办的“宝鸡市第五届公民道德公益大讲堂”做“‘母爱伴我行’之家国情怀”深情演讲后，给热心听众签名赠送散文集《母爱伴我行》的场面。

人类先天具有的道德意识
“所不虑而知者，良知也”
判断是非与善恶的能力
“我志谁与亮，赏心唯良知”
良知乃伦理实践出发点
阳明文化思想的核心命题
劳动是良知的大熔炉
良知是劳动的金缕衣

真正的劳动者——
敬畏、恪守良知
终有善报拥天地
伪装的劳动者——
漠视、丧尽良知
终有恶报弃天地

发展市场经济
不能丢了良知
两者毫无对立
只有共荣雄起

纵观背弃良知者
谁又有好结果
谁又有好回报
良知在宇宙天地间

那是神灵般的精气
那是无可比的正义
那是佛光类的福祉

劳动冶炼良知
良知在劳动中屹立
有句名言说得好
“失去了良心和正直
那就等于地球失去了引力”
这充分说明——
良知的力量撼天地
劳动的魅力真美丽

（2017 年 7 月 13 日 // 北京）

少年时光
八九点钟的太阳
蒸蒸日上
自古英雄出少年
豪气奔放
少年壮志不言愁
英姿飒爽
为了大地的丰收
为了人类的繁荣
为了世界的进化
少年挺起了脊梁
少年撑起了天地
少年托起了希望
少年焕发出
劳动最耀眼的荣光

好作文、美诗章
小发明、大主张
治国理政显智慧
叱咤风云在疆场
各行各业精英中
古今中外传奇里
无不充满少年王
无不远扬少年志
无不表明少年强国则强

少年人生真美好
劳动创造放光芒
崇尚英雄少年始
英雄劳苦功高扬

（2017 年 7 月 14 日 // 北京）

2017 年 12 月 13 日，作者与亲朋好友共话花甲情怀。

劳动与奋斗
天生的兄弟
地造的姊妹
劳动就是奋斗
奋斗离不开劳动
只有奋斗
才能战胜困难
才能实现人生理想
才能兑现崇高信仰
才能赢得荣誉辉煌
才能活出幸福轻松
才能家庭和谐美满
才能事业发达火红
才能拥有身心健康
才能国富民强大同
才能天下太平为公

劳动着，奋斗着
是一个过程
是一份幸福
是一种力量
是一种价值
是一种超越
是一种升华
是一种乐趣

是一种追逐
是一种情怀
是一种从容

尽管奋斗与劳动
充满了压力、挫折与痛
充满了艰辛、困苦与难
充满了汗水、疲惫与泪
但我仍然选择——
无怨无悔
一往无前
直到永远
永远奋斗
永远劳动

（2017 年 7 月 15 日 // 北京）

拼搏是一种劳动精神
劳动需要拼搏来支撑
那便是——
为达目标不遗余力
勇于攀登直至取胜

只有拼着一切代价
才可能有美好前程
正所谓爱拼才会赢
只有敢于战胜挫折与失败
才可能有成功降临
正所谓失败是成功之母
只有不惧怕任何困难
才可能有幸福人生
正所谓梅花香自苦寒来
只有坚持不懈一搏
才可能有喜悦收获
正所谓最后一分钟效应
只有日积月累
才可能有关键时勃发秒杀
正所谓人生能有几回搏
只有读书破万卷
才可能下笔如有神
正所谓书山有路勤为径
只有一览众山小

才可能有山高人为峰
正所谓无限风光在险峰

“沉舟侧畔千帆过
病树前头万木春”
任凭群魔乱舞
终究还是——
挡得住劳动者拼搏的路
挡不住劳动者拼搏的神

（2017 年 7 月 16 日 // 北京）

热爱是燃烧的火
热爱是神圣的义
热爱是满腔的情
热爱是前进的旗
劳动者对劳动的热爱
真挚无比
令人欣喜
使劳动变得——
更加光荣
更加高洁
更加美丽

你热爱祖国热爱人民
那就从热爱劳动做起
你热爱工作热爱事业
那就从热爱劳动坚持
你热爱生命热爱生活
那就从热爱劳动珍惜

热爱劳动
是所有热爱的基石
是所有热爱的绽放
是所有热爱的载体
为了崇高的热爱
多少人顽强挺立

多少人意气风发
多少人孤注一掷
多少人奉献无悔
多少人顶天立地
多少人甘洒热血
多少人名留青史

热爱劳动的人生
是有大爱的人生
大爱人生不寂寞
大爱人生永美丽

（2017 年 7 月 17 日 // 北京）

劳动要上心
必先爱劳动
上心的劳动
是对劳动的负责
是对劳动的钟情
是对劳动的敬重

对劳动上心
必然留心探索劳动规律
仔细品味其中奥妙无穷
对劳动上心
必然用心投入劳动实践
自由翱翔其幸福天空
对劳动上心
必然专心提升劳动质量
不断赢得其无上光荣

对劳动不上心及践踏者
该受的惩罚不外乎劳动
上心与否虽有别
劳动性质却不同
上心的劳动有功
对不上心者带罚
若是劳动不开窍
生命意义终难懂

（2017年7月18日//北京）

健康是人生的第一财产
健康是劳动的绝对本钱
劳动本身是健康的
那么，劳动者拥有健康
才能使劳动持续健康发展

劳动者身体生理健康
劳动健康发展才有物源
劳动者心灵道德健康
劳动健康发展才有魂源
劳动者劳力智力健康
劳动健康发展才有速源
劳动所处环境健康
劳动健康发展才有条件
劳动所处社会健康
劳动健康发展才有靠山

一些不健康因素的蔓延
为健康的劳动蒙上阴影
也使许多亚健康劳动者
染上了难以医治的疾患

健康在呼唤
劳动洗心面
而今反思曰——

“绿水青山就是金山银山”
可见健康的劳动一定要
顺应和回归大自然

（2017 年 7 月 19 日 // 北京）

2017 年 7 月 29 日，作者应邀到由山东东营社会科学界联合会主办的“第二十七届东营道德教育大讲堂暨中华孝道大型公益论坛”，做了题为“‘母爱伴我行’之立德树人”的演讲。

幸福在劳动中
劳动在幸福里
对幸福的理解
千差万别
对幸福的感受
千态百姿
对幸福的渴望
千呼万唤
对幸福的追寻
千方百计
而劳动中凝聚的——
欢乐与激情
收获与成就
感动与友谊
是毋庸置疑的幸福
是心情舒畅的境遇
是快乐人生的真谛

劳动着，幸福着
拥抱着世界情感
抒发着生命意义
相伴着美好生活
创造着社会价值
无论贡献大与小
无论付出早与晚

无论感动久与短
无论置身近与远
幸福总在我们心里
心理之需永不言弃

（2017 年 7 月 20 日 // 北京）

团结就是力量
这力量能比钢
团结才能打胜仗
团结，劳动能力倍儿强
团结，劳动效率提高
团结，劳动果实更棒

国家民族的存亡
取决于团结的力量
“军民团结如一人
试看天下谁能敌”
那是中国共产党人带领华夏儿女
谱写的震惊世界的
奇迹般的苦难辉煌

各项事业的兴衰
取决于团结的力量
人心齐，泰山移
众人拾柴火焰高
那是不容违背的
铁律般的真理光芒

社会细胞的强弱
取决于团结的力量
家和万事兴

同心力断金
那是血浓于水的
铜墙般的劳动磁场

伟大复兴的成败
取决于团结的力量
齐心协力排干扰
“撸起袖子加油干”
那是没有退路的
誓师般的绝地亮光

团结与劳动
天造的一双
离开团结的劳动
没有希望
离开劳动的团结
令人迷茫

为了人生幸福
为了社会兴旺
为了国家昌盛
为了世界安康
朋友们！团结起来吧
让劳动——
更加充满力量

更加美丽放光

更好地走向远方

（2017 年 7 月 21 日 // 宝鸡）

2017 年 9 月 1 日，作者以“感恩母爱　孝行天下”为主题的全国巡讲再度走进兴隆小学“开学第一课”。

今遇大暑
热浪难当
宝鸡传统文化大讲堂
更是文化热浪高一浪
而所有的文化
都离不开劳动修炼

宝鸡市委市政府主办
已连续五届人气超旺
人人聚精会神
个个如饥似渴
这么热的天
数千人来自四面八方
这么好的场合
数千人亲如家人一样
大家在期盼什么
大家在呼唤什么
大家在感动什么
透过数千双
诚挚善良的眼神
我忽然领悟到——
那是劳动文化的力量
那是仁爱至真的影响
那是民众自信的回归
那是华夏复兴的交响

劳动有文化
文化重信仰
传承文化根
引领复兴梦
民族才有望

（2017 年 7 月 22 日 // 宝鸡）

纯净劳动
与生俱来
劳动纯净
堪称仁爱

纯净在心
劳动为行
纯净路上
劳动之花盛开

劳无杂质
劳无杂念
劳无杂糅
至佳状态

纯净不净
劳者不劳
恶报难逃
好运终在

心情愈净
劳动更纯
自然在胸
大度为怀

人生纯净
劳动无悔
坚守纯净
劳者不怠

（2017 年 7 月 23 日 // 宝鸡至北京）

劳动的自觉
是一种本能
是一种天性
自觉的劳动
是一种教化
是一种感悟
是一种意境

劳动的自觉
人皆有之
尤其是天真年幼时
那个劳动的高兴
那个自觉的快乐
那个无邪的感情
不仅心甘情愿
而且有多大劲使多大劲

不知从何时起
劳动不自觉变了形
麻木不仁弥漫
功利主义至上
还有欺世盗名
甚至天良丧尽
令劳动人民心寒
给劳动蒙上严重阴影

乌云遮天总有时
自觉劳动显本性
劳作之中悟道
由内而外发心
天地规律难违
历尽沧桑勤劳成习
游刃有余永远创新

（2017 年 7 月 24 日 // 北京）

自我警觉警示警惕
劳动者的可贵品质
凡事不越雷池半步
岁岁日月点点滴滴
坚持小心翼翼守规矩
令人肃然起敬
更是可歌可泣

自警非小事
把不住易出大事
复杂环境须自警
飞黄腾达莫忘形
自警是前行的灯
自警是无穷的力
然而，曾经——
有人劳苦功高
有人劳力超群
有人劳誉盖世
有人扬扬自得
但终因自警不力
失足于自作聪明
着迷于侥幸心理
翻了船
毁了一世英名
误了国

伤了劳民情义
可谓前功尽弃
国人为之叹息
山河为之哭泣

莫向光阴惰寸功
劳者至美弃名利
命运谁主沉浮
全靠自警定力
劳动者严格律己
侥幸者聪明害己
自警人生终不悔
热爱劳动写传奇

（2017 年 7 月 25 日 // 北京）

劳动是友爱的源泉
劳动是友爱的平台
友爱是劳动的重要美德
友爱是劳动者的纯情相爱
友爱为劳动注入活力
友爱为劳动者增添光彩

为了大地的丰收
为了人间的美好
为了劳动的创造
劳动者之间必须友好相待
不断用真情谱写劳动之歌

劳动中结下的友爱
到啥时候也不能忘怀
纯真善良的心心相印
刻骨铭心的并肩战斗
挥汗如雨的同心协力
还有开心忘我的劳动比赛
你帮我我助你的攻坚克难
可说是今生今世金钱难买

友爱建起不易
须得共同珍爱
富贵不能淫

贫贱不能移
哪怕是海枯石烂
也要坚守这份劳动友爱

（2017 年 7 月 26 日 // 南昌）

2017 年 10 月 11 日，作者“感恩母爱　孝行天下”主题全国巡讲走进宜昌站，给武警官兵深情演讲“‘母爱伴我行’之家国情怀”，并签名赠书。

无限风光在险峰
劳动风光在耕种
欣赏风光在运动
人生风光在劳动
因为劳动的景象
犹如绚丽多姿的风景
恰似光芒照人的彩虹

劳动的创造与成就
劳动的创新与走红
劳动的创举与传奇
劳动的创见与沟通
都是劳动者价值的奉献
都是劳动者风光的聚焦
都是劳动者无限的光荣

从劳动者风光到自然风光
堪称天人合一的交融
那是无所不包的史册
那是震撼世界的心动
那是一道亮丽的地平线
那是一个美丽的仙人洞
那是一座天造的美丽峰

劳动充满风光

风光装点劳动
飞流直下三千尺
汗流浃背人为松

（2017 年 7 月 27 日 // 庐山）

2017 年 12 月 13 日，作者接受亲朋的美好祝福。

劳动人民
不畏困苦
战天斗地
何惧酷暑

酷暑劳作
汗如雨注
痴心不改
火炉排毒

劳者姓劳
酷暑姓酷
劳酷结合
劳动风度

火热酷暑
炼人心肚
炼人意志
炼人付出

为了梦想
为了幸福
大战酷暑
永不言苦

（2017 年 7 月 28 日 // 南昌至东营）

天地重孝孝当先
勤劳行孝孝最善
东营宜通大讲堂
孝感天地心震撼

孝道人生通厚德
善行世界得大安
道德至高人自尊
孝道在行吾必远

不孝者臭名昭著
违孝人心惊胆战
因为那是因为
人在做天在看

（2017 年 7 月 29 日 // 山东东营）

朱日和沙场点兵
古战场再发强音
有信心全歼犯敌
有决心保卫和平

九十年光辉历程
锻造出劲旅精兵
为人民浴血奋战
为祖国屡建奇勋

古战场绘出新愿景——
新目标世界一流
新使命护航复兴
跟党走政治建军
献忠心服务人民
集众志改革强军
战斗力联战全新
瞄前沿科技兴军
抢先手装备精英
严要求依法治军
振士气威武猛进
高精尖劳动目标
高标准智勇前行

（2017 年 7 月 30 日 // 北京）

劳动是无穷的力量
劳动是无比的磁场
劳动是无上的荣耀
劳动是无限的希望

劳动的力量
没有什么可以阻挡
在它面前——
螳臂当车不自量
风吹雨打不足道
天灾人祸轻松扛
千辛万苦只等闲
千难万险如劈浪
千山万水纵横越
千变万化不迷航
内忧外患何所惧
彰显雄风敢担当

有了劳动力量
国家发达兴旺
社会和谐文明
事业蒸蒸日上
人民意气风发
家庭幸福安康

（2017 年 7 月 31 日 // 北京）

忠诚于劳动
忠诚于事业
忠诚于人民
忠诚于国家
是劳动者职业品行
是劳动者价值取向
是劳动者真挚感情

部队是特殊劳动群体
军人是人民的子弟兵
对党的忠诚
对国家的忠诚
对人民的忠诚
对使命的忠诚
更凝聚着汗水与鲜血
更彰显着大爱与阳刚
更奉献着青春与生命

听党话、跟党走
坚持党的绝对领导
——忠诚之魂
有信仰、有目标
革命理想永远高于天
——忠诚之神
练精兵、打胜仗

战斗精神向死而生
——忠诚之本
铁纪律、钢作风
革命意志战天胜地
——忠诚之鼎
军爱民、民拥军
军民团结所向披靡
——忠诚之源
重改革、善创新
胜利航道活水滚滚
——忠诚之行
上九天、下五洋
科技兴军插上翅膀
——忠诚之兵
有法依、执法严
法治建军势不可当
——忠诚之令

九十年忠诚
九十年劲旅
九十年思危
九十年挺进
重塑整装再出发
全心全意为人民
真打实备藏肝胆

时刻听令赴使命

恭祝当过兵和没当过兵的
朋友们建军节
快乐安康!

（2017 年 8 月 1 日 // 北京）

2017 年 10 月 13 日，作者"感恩母爱　孝行天下"主题全国巡讲走进湖北三峡大学，做"'母爱伴我行'之核心价值"动人演讲。

思想支配劳动
劳动产生思想
有思想的劳动
无比高尚
有劳动的思想
永放光芒
失去思想的劳动
缺失方向
失去劳动的思想
难免迷茫

赏二十四节气
品五千年文明
——厚积的劳动思想
天若有情天亦老
人间正道是沧桑
——正义的劳动思想
“数风流人物
还看今朝”
——自信的劳动思想
“宜将胜勇追穷寇
不可沽名学霸王”
——英雄的劳动思想
“为有牺牲多壮志
敢教日月换新天”

——必胜的劳动思想
“一带一路”连世界
和平发展谋繁荣
——共赢的劳动思想

中国劳动大众不会忘记
中共党史军史永远记载
毛主席话儿记心上
革命和建设有力量
毛泽东思想闪金光
照到哪里哪里亮
战天斗地豪情壮
无往不胜万国仰

有信仰有思想
民族才有希望
有目标有理想
中国才有指望
有方向有梦想
劳者才有盼望

（2017 年 8 月 2 日 // 北京）

劳动中建立的友谊
一种特殊交情守望
纯洁至真没有私欲
牢不可破地久天长

充满友谊的劳动
从来无须设防
有了劳动的友谊
身心格外健康

友谊与劳动互生互长
却不是所有人都能分享
诸如——
凡事利益计较
凡事目的性强
凡事不讲原则
凡事任性飞扬
怎可理解友谊的分量
怎可拥有劳动的磁场
怎可明确发展的方向

真正的劳动友谊
值得永远珍藏
真挚的友谊劳动
堪称盖世高尚

（2017 年 8 月 3 日 // 北京）

热爱自己的工作岗位
劳动者的责任承担
劳动者的职业要求
劳动者的良好习惯

工作岗位可能平凡
但肩负的责任不凡
履行好岗位职责
不仅事关自身生存发展
而且助推社会健康向前
不仅保证养家糊口
而且是在为国奉献
不仅利在当下
而且功及长远
平凡岗位责任重
全心全意忠心献

工作岗位是职业
只有热爱心才安
干一行爱一行
爱上了必钻研
真钻研终无憾

良好习惯形成难
若想丢掉也很难

一往情深固守
今生今世相伴

爱岗——
搞好劳动的前提
实现梦想的必需
人生价值的体现
劳动者——
不爱岗枉流汗
不爱岗不靠谱
不爱岗万事难

（2017 年 8 月 4 日 // 北京）

劳动理当尊重
劳动者更应尊重
因为他们——
创造了人类
创造了文明
创造了财富
创造了健康
创造了大千世界
创造了万紫千红

尊重是高尚的美德
尊重是心灵的沟通
尊重是情感的交流
尊重是劳动的需求
尊重是事业的成功
备受尊重的劳动
是劳动者的无上光荣

劳动者互相尊重
乃彼此间的看重
对上司的最好尊重
乃工作上荣辱与共
对下属的最好尊重
乃人格上以诚相待

可现实生活中
有人不值得尊重
哪怕身居高位
德行却无法服众——
伤天害理
横行霸道
不知廉耻
失去自重
甚至出卖家国
把良心喂了狗
怎么能不以
玷污劳动而降罪
自取灭亡而告终

（2017 年 8 月 5 日 // 北京）

有人说
人活的只是心情
那么，心情是什么
是人的感情状态
是人的心理感受
心情好
一切皆会随之好
心情坏
所有事情亦难讲
劳动，自在其中
心情因素
直接关乎劳动进程
直接关乎劳动质量
直接关乎劳动发展
直接关乎劳动健康

乐观豁达
积极向上
永不言败
追逐梦想
——有这样的心情
何惧困难来阻挡
何惧小人施伎俩
何惧艰辛伴劳作
何惧生死两茫茫

——有这样的心情
何愁劳动不幸福
何愁劳动不荣光
何愁劳动不结果
何愁劳动不流芳

以好心情劳动
身心永远健康
道路永远宽广
人生永放光芒

（2017 年 8 月 6 日 // 北京）

春华秋实
今又立秋
秋收来临
硕果招手

自然赐福
劳者盼收
历史铭记
无独有偶
秋收起义
南昌城头
薪火相传
神州得救
雄狮昂首
恰在金秋

一分耕耘一分收获
一分收获一场欢喜
收获艰辛来路
收获坎坷不休
收获理想指引
收获信仰在胸
收获劳动果实
收获劳动享有

收获劳动人生

收获劳动全球

（2017 年 8 月 7 日 // 北京）

2017 年 10 月 16 日上午，作者应邀莅临湖南张家界市畜牧兽医水产局机关，在其“道德讲堂”与在职公务员分享“‘母爱伴我行’之家风传承”。

所谓热血——
为正义事业献身之热情
劳动给热血提供平台
热血使劳动升华意境
热血男儿
热血青年
热血生命
无不在劳动中成长
无不与劳动共命运
无不促劳动向前进

央视正热播的《热血军旗》
由无数先烈鲜血染红
记载着党指挥枪的历程
九十六年的热血党旗
由无数苦难辉煌织成
镌刻着广大工农的生命
六十八年的热血国旗
由无数天地奇迹辉映
创造着奋发图强的振兴
所有这些说明——
人民，只有人民
才是创造历史的动力
劳动，只有劳动
才是创造历史的引擎

热血，只有热血
才是创造历史的内因

热血劳者
万物神灵
甘洒热血
劳者真情

（2017 年 8 月 8 日 // 北京）

劳动创造财富
财富依赖劳动
互相帮助、协助
而相助的程度与深度
决定劳动未来的出路

劳动的天性是相助
劳动之诞生始相助
劳动之优势在相助
劳动之成功靠相助
劳动之发展与繁荣
永远也离不开相助

从人类战胜洪水猛兽
到人类自身日益觉悟
从克服各种生活困难
到战胜无数工作险阻
从单一劳动质的飞跃
到复合劳动量的存储
从传统劳动方式演进
到高科技劳动的飞速
从抗击腐朽异端邪说
到坚定理想坚决反腐
从和平年代幸福生活
到战争时期守望相助

从某地区或国家发达
到共建共赢“一带一路”
都得益于劳动者——
同舟共济、众志成城
万众一心、同甘共苦

劳动与相助
文明的使者
财富的福祉
人类的美德

（2017年8月9日//北京）

人生一辈子
选择一辈子
劳动一辈子
选择总随之

“男怕入错行
女怕嫁错郎”
说的就是选择之
重要性准确性要义

选择当避害趋利
选择当恪守法理
选择当远近相济
选择当审时度势

选择决定劳动效率
选择决定劳动资质
选择决定劳动乐趣
选择决定劳动福祉

选择勤劳
必然富裕
选择舍弃
必有收获
选择奉献

必然仁义
选择拼搏
必然全力
选择快乐
必然健体
选择幸福
必然马不停蹄

（2017 年 8 月 10 日 // 北京）

2017 年 11 月 27 日，作者应邀到巴渝山城，出席由重庆市巾帼创业服务中心、关爱青少年儿童协会联会主办的“家庭教育千场公益巡讲活动暨重庆市家庭教育指导师创业服务计划”启动仪式，做“感恩母爱　孝行天下”主题全国巡讲课程中的“‘母爱伴我行’之家风传承”主旨演讲。

劳动的理想
有追求有希望
理想的劳动
有收获有指望
人们常说的追梦圆梦
其实就是在追逐理想

理想是一盏灯
点燃劳动希望
理想是一条路
开辟劳动坦荡
理想是一生情
相伴劳动成长
理想是一根绳
牵引劳动兴旺
理想是一团火
增添劳动昂扬
理想是一柱梁
撑起劳动天堂

有了理想的劳动
浑身始终充满力量
有了劳动的理想
心中永远充满阳光

（2017 年 8 月 11 日 // 北京）

劳动先导在思路
劳动硕果是出路
正如人们常讲
思路决定出路
这也说明
凡事预则立、不预则废
大到国事、天下事
小到某一项具体劳动
都不可违背科学瞎忙碌

劳动之路脚下踩
谋生发展它为先
欲求劳动高效益
知行统一是通途

正确的思路——
实事求是不盲目
充分论证再决断
执行过程随修误

正确的出路——
坚持劳作何惧苦
咬定青山不退步
人生终究会幸福

劳动的思路实践出
劳动的出路靠执着
路数正确目标引
不愁劳功世界殊

（2017 年 8 月 12 日 // 北京）

2017 年 12 月 13 日，作者偕夫人与朋友共享美好时刻。

真正的劳动者
爱护自己的身体
更珍惜自己的名誉
因为名誉乃做人根本
说到底是为人处世的德行
它胜过腰缠万贯
它胜过自然生命
它胜过世间一切
诚如《老子》所言
“是以圣人自知不自见
自爱不自贵”
也像民谚所传
“雁过留声
人过留名”

只有自爱的人
才能去爱别人
才能受人尊重
才能配称劳动人民

自爱是快乐之源
自爱是成功之始
自爱是民族之魂
自爱是家国之情
再次看完《桐柏英雄》电视剧

英雄自爱令我崇敬泪满襟
赵永生与三位妹妹的传奇
还有无数先烈的鲜血生命
正是他们的无悔献身
才换来我们今天幸福生活
相形之下，那些
贪得无厌的贪官
禽兽不如的恶者
叛国投敌的败类
良心喂狗的畜生
却让人们切齿痛恨
却让人们厌恶万分

让我们在劳动中更加自爱
使大同世界更富爱心

（2017 年 8 月 13 日 // 北京）

意志是坚强品质
意志是良好心理
意志是人生支撑
意志是劳动利器

哪怕再平凡的劳动
哪怕再平淡的生活
哪怕再平常的事业
若要持之以恒
都离不开坚强意志

酷暑中的战天斗地
严寒中的傲然挺立
困境中的百折不挠
徘徊中的坚定不移
战火中的九死一生
危难中的民族大义
卫国中的视死如归
抗灾中的铜墙铁壁
科研中的攻坚克难
坎坷中的自强不息
正义中的刚直不阿
反腐中的铁面无私
更离不开执着坚持
更离不开智慧持续
更离不开刚强意志

意志决定成败
意志决定未来
劳动不能没意志
意志向劳动给力
有意志的劳动是高价值
有劳动的意志才有意义

（2017 年 8 月 14 日 // 北京）

由劳动作为主体的
正义事业至高无上
因为这是——
天理与大道
信念与道义
人心与民利
所产生的巨大力量
所迸发的激情烈焰
所放射的永恒光芒

劳动和正义
难免时有可能——
被乌云遮挡
被豺狼践踏
被无辜误伤
被刀枪杀戮
被阴谋埋藏

但是——
日有阴晴月有圆缺
正义终要战胜邪恶
劳动人民的磁场
正义战争的力量
慈悲善良的大爱
威武之师的雄壮

使中国迎来新曙光
——72 年前的今天
日本侵略者正式投降
劳动人民从此解放
多亏了党的正确领航
多亏了伟大的毛泽东思想

几十年的开拓与辉煌
偶尔出点腐败与不畅
没必要大惊小怪
也不必说短道长
务必相信我们的党
战胜过多少惊涛骇浪
又何愁割除体内毒疮

“起来，全世界受苦的人
要为真理而斗争”
这响彻天际的呐喊
这发自肺腑的绝唱
正是正义的放歌
正是正义的畅想
正是正义的渴盼
正是正义的守望

（2017 年 8 月 15 日 // 北京）

狭义的运动
专指体育运动
正如毛泽东号召
“发展体育运动
增强人民体质”
而广义的运动
与劳动基本等同
劳动即最好的运动
劳动即最广的运动
劳动即最久的运动
因为它——
既是位置的运动
更是思维的运动
既是物质的运动
更是精神的运动
既是体力的运动
更是脑力的运动
既是创造的运动
更是创新的运动

生命在于运动
运动就是劳动
二者互为一体

二者水乳交融

二者相得益彰

（2017 年 8 月 16 日 // 北京）

2017 年 11 月 28 日，作者“感恩母爱　孝行天下”主题全国巡讲首次走进重庆市荣昌区街道社区，并以“春晖教育智慧父母首席讲师”身份，做了“‘母爱伴我行’之家风传承”真情演讲。

深怀公心的劳动
积极向上、长久健康
背离公心的劳动
有失公正、私欲膨胀

何为以公心劳动——
民众利益至上
恪守公德切记
大公无私不忘
公有财产呵护
维护公道敢当

啥叫背离公心劳动——
有悖公理丧尽天良
践踏公论一意孤行
忽略公事专营私党
不顾公愤祸害社稷
明知公害偏自灭亡

有些人，为什么——
无视公心劳动
仇视公心劳动
敌视公心劳动
究其渊源——
无非私欲膨胀

无非私弊掩藏
无非私利满装

劳动者朋友们
多一点公心
少一点私心
劳动会更加舒畅
劳动会更加值钱
劳动会更加充满阳光

（2017 年 8 月 17 日 // 北京）

不论增强劳动观念
还是扫除劳动短见
不论战胜劳动挫折
还是克服劳动困难
不论完成劳动使命
还是攀登劳动之巅
都须坚强如磐
都须坚强支撑
都须坚强永远

劳动人民的坚强
那是骨子里面的果敢
那是无可比拟的力量
也是劳动制胜的套马杆

有些坚强
纯属性格使然
有些坚强
来自命运无选
有些坚强
始于生活历练
有些坚强
多亏无奈所迫
有些坚强
感谢邪恶挑战

有些坚强
深为理想召唤

坚强与人生为伍
坚强与劳动相伴
真正的劳动者
意志弥坚
坚强的劳动者
一往无前

（2017 年 8 月 18 日 // 北京）

有道是——
“人身之所重者元气
国家之所重者人才”
那么同理——
劳动之所重者
更是各种人才
因为没有人
什么事都做不成
如果没有人才
什么劳动都难做精
什么劳动都难出彩
什么劳动都难发展
由此可见——
人才是劳动的底盘
人才是劳动的主宰
人才是劳动的资本
人才决定劳动成败

人才难得而易失
人才难求又难知
所以——
必须十分爱惜人才
必须慧眼识别人才
必须大胆使用人才
必须不拘一格降人才

然而，遗憾总难免——
不是有人忌妒人才
就是有人仇视人才
不是有人轻视人才
就是有人污蔑人才
不是有人压抑人才
就是有人残害人才
于是，许多人才
成了枪打出头鸟
成了心疼的传说
成了人类的悲哀

亲爱的朋友们——
珍视劳动、珍视人才
人才难得、人才不再
我们必须明白——
没有人才的劳动
只是劳动的等待
有了人才的劳动
劳动会永不言败

让大家共同努力吧
向人才之旅进发
发现人才广纳人才
尊重人才引进人才

培训人才管好人才
用好人才护好人才
壮大人才圆梦人才

（2017 年 8 月 19 日 // 北京）

2017 年 11 月 14 日，作者应邀到“福乐家微课平台”，以直播形式，做“感恩母爱　孝行天下”主题全国巡讲系列课程中的“‘母爱伴我行’之家风传承”深情演讲。

劳动者的本领
影响劳动效率
影响劳动质量
影响劳动前程
劳动本领高强
劳动结果就好
劳动味道就香
劳动前程就广

本领不会从天降
学思行创日益强
不管世界如何变
驾驭劳动心不慌

劳动者的本领
往往来自“本领恐慌”
此概念始出于
延安时期毛泽东讲堂
意在告诫广大干群
认清自身、抓紧学习
增强本领、所向无往
于是，对于——
提升军民本领
打倒反动派
解放全中国

实现人民当家做主
产生了不可估量的力量

历史转眼到了今天
习总书记重提“本领恐慌”
旨在引领全党和民众
克服新形势下的——
本领不足
本领恐慌
本领落后
本领痴狂
要求须用创新理论
武装思想
指导实践
推动工作
永不迷航

学习是劳动之母
本领是劳动之王
有本领的劳动放光芒
有劳动的本领向远方

（2017 年 8 月 20 日 // 北京）

对劳动者而言
本领好比综合劳动能力
智慧恰是发明创造能力
二力的有机统一
绘制劳动的光环与美丽

人类劳动进化证实
劳动本领强基固体
劳动智慧屡建新奇
智慧劳动通古今
智慧劳动贯中西
智慧劳动系万物
智慧劳动有灵犀
智慧劳动满生机
智慧劳动写历史
今日“复兴号”起程
350 公里时速飞驰
乃智慧劳动又一创举
领跑全球劳动新世纪

智慧是劳动的火花
劳动是智慧的载体
充满智慧的劳动
将永远所向披靡

（2017 年 8 月 21 日 // 北京）

号子，又称劳动号子
那是劳动人民
在劳动中创作
成为生产劳动的精神伙伴

劳动号子种类繁多
独具深厚历史渊源
长江号子、黄河号子等
威震大地响彻山川
尤其是川江号子——
“长江文化的活化石”
国家级非物质文化遗产
使得劳动号子
在中国传统音乐文化中
更加夺目璀璨
更为价值连城

劳动号子源于劳动
又服务鼓舞劳动生产
其力量和作用如歌唱
《众人划桨开大船》——
“同舟共济海让路
号子一喊浪靠边”
这气势、这威力——
助劳者一往无前

推劳动昌盛无边
让世界风光无限

（2017 年 8 月 22 日 // 北京）

2017 年 4 月 24 日，作者应邀到北京市朝阳区北马各庄小学与师生畅谈“‘母爱伴我行’之劝学记忆”，一个个真实感人的故事深深打动了孩子们的心灵！

因“敬”而尊重效仿
因“畏”而努力进取
劳动者敬畏劳动
自然是天经地义

敬畏及其敬畏心
是一种为人处世态度
是一种劳动生产素质
是一种社会责任担当
是一种天人合一境界
是一种思想灵魂火炬
其神圣性丈量人的心地
其规范性丈量人的品级
其警示性丈量人的善恶
其社会性丈量人的高低

道法自然实可敬
倒行逆施不可取
综观那些——
不怕天和地
不怕百姓指责
不怕历史唾弃
什么都不怕的狂徒
到头来必然是
逃脱不了自掘坟墓

逃脱不了罪该万死
逃脱不了遗臭千秋
逃脱不了历史垃圾

敬畏乃人之必须
敬畏乃劳之所以
敬畏生命和劳动
敬畏道德和法律
敬畏社会和自然
敬畏责任和历史
才不愧苍天大地
才不愧先人子孙
才不愧今世意义

（2017 年 8 月 23 日 // 北京）

书籍是人类进步的阶梯
劳动更是人类进步阶梯
如果缺失了劳动
人类所有进步无从谈起

劳动伴随人类
从盘古开天地
到伏羲女娲造人
再到传说中的三皇五帝
一步步演变至今
总是今日好于昨日
前景优于历史
丰硕成果空前无比

劳动的进步
是一部思想启迪史
也是劳动者自身冶炼史
于是才有——
社会发展层次更替
改造自然战天斗地
建设发展一日千里
科技腾飞没有穷期
文明财富今非昔比
人民生活日益甜蜜

劳动进步
世界雄起
劳动人民进步
探索学习
勤奋不止
为劳动繁荣打牢根基
为劳动永恒不懈努力

（2017 年 8 月 24 日 // 北京）

劳动及劳动者之美
不是昙花一现
也不是时隐时现
更不是任性胡现
如日月星辰亘古不变
如河流山川奔涌向前
如物质运动没有止境
千姿百态美不胜收
歌颂不尽风光无限
必然是人类——
永恒的最赞
永恒的至爱
永恒的陪伴

劳动美何以永恒——
首先是劳动需求
让劳动者无法停歇休战
其次是劳动价值
让世界无比欢呼赞叹
再次是劳动使命
让人类创造财富
最后是劳动成果
让善良无畏害理伤天

劳动之永恒
怎能改变
永恒之劳动
岂可二选
让我们携手共祝愿
美丽永伴劳动
劳动永吐芳艳
生活永比蜜甜

（2017 年 8 月 25 日 // 北京）

花甲一轮回
人生再难醉
母爱伴我行
青春永不悔

少小苦相随
多亏娘智慧
奠定做人基
拥抱三春晖

立志把国卫
尽忠无路退
哪怕风雨骤
何惧虎狼威

恨犯不孝罪
亏欠垒成堆
蘸泪常书过
越书越惭愧

命运自有归
情怀无边陲
为圆复兴梦
新征扬鞭催

（2017 年 12 月 13 日 // 沪至京高铁上）

后 记

当笔者把这本书奉献给读者的时候，心里有一种从来没有过的坦然和踏实，因为笔者终于以“劳动美”为主题进行文学创作，把许多学过的东西、经历的世事、积淀的感悟、丰富的内心和对人生、事业与自然的无限热爱，融入到对劳动美好的歌颂中，从而抒发今生的最大幸福、最大满足、最大追求，即与生俱来的劳动实践及其创造和创新风采！

这本书，因为涉及与劳动相关的内容非常广泛，有些方面的概念还存在交叉、重叠情况，譬如“五大发展”新理念与“五位一体”共建共赢，人生感悟与古今评说、情感抒发等内容之间，有不少概念都是通用并用的，所以就没有采取以往惯用的逻辑分类方法排序，只好以写作时间先后顺序进行编排。特此说明，敬请广大读者朋友予以理解和谅解！

本书写作自 2017 年 4 月 30 日至 8 月 25 日，历时 118 天，得到广大微信朋友的温馨陪伴和热忱评赞！让笔者始终以饱满的热情和昂扬的斗志，一口气写完了计划今年出版的《劳动美之歌》初稿。谨此向关心、支持和友好帮助过笔者的朋友们表示衷心的感谢！因为此书的写法是一种尝试，不足之处在所难免，敬请广大读者不吝赐教！

作 者

2017 年 11 月 23 日于北京